暗殺の森

キアロスクーロII

暗殺の森

織江耕太郎

水声社

目次

主要登場人物

山瀬善三　古書店店主。元・曽根電源開発株式会社（曽根電）幹部。内部告発で社を追われた。笹田原発事故の前に起きた「政府恐喝事件」の首謀者。

三井壮一　大日新聞社会部デスク。大学同期である曽根電社員の横峰道夫の失踪を調べるうちに「官邸爆破事件」を追うことになる。

横峰道夫　曽根電社員。三井壮一とは大学同期。三井と違って原発推進論者。一年前から行方不明。

新金睦美　八年前に亡くなった新金東の妻。看護師として働くかたわら、原発反対運動に積極的に関わる。

勝又慎二　元キャバクラ呼び込み。米国人とのクォーター。笹田原発事故後アメリカに渡り、ビジネスで成功、資金力とグローバルな人脈を駆使して反原発活動に大きな働きをする。

相川達也　愛国右翼。歴代総理の知恵袋として活躍。米国、中国に独自の人脈をもつ。同時に、国内での影響力も絶大で、保守、革新、政財官界、法曹界、マスメディアに知己多数。

品川桃子　相川達也の愛人。女優。熱海にある相川の別荘に同居。

伊地知健作　フリージャーナリスト。学生時代から過激派セクトに所属。

満島誠　ＩＴ企業社長。勝又慎二と組んでサイバー攻撃を仕掛ける。

コンテナを積んだ大型トレーラーが総理官邸の前庭に侵入したとき、警備員たちは為す術《すべ》もなく、立ち尽くしていた。警備体勢が整っていないのは、以前から問題視されていたものの、非常事態など起きようがないと誰もが高をくくっていたのだ。

それでも、警笛が鳴った。警棒を持った男二人が、夢から覚めたように違法侵入車に近づいたが、運転席を覗いたとたん、一人は卒倒し、一人はその場にうずくまり、吐いた。五分後にサイレンが鳴り始めた。トレーラーは、ゆっくりとしたスピードで前進する。おそらく改造されているのだろう。鋼鉄の門柱をいともたやすくなぎ倒したことも、階段を装甲車並に上っていく登坂力も、並大抵のものではなかった。

パトカーが到着したとき、トレーラーが敷地内に侵入してから十分は過ぎていた。制服警官がパトカーを降り、トレーラーに近づこうとした、その矢先、轟音が空気を震わせた。運転席から爆音と真っ赤な炎が噴き出したのだった。警官は慌てて退却し、身を隠した。警備員たちは遠巻きに事態を見守っている。マスコミ関係者が集まってきた。記者たちが写真を撮りまくる。警官が止めようとしたが、制止の言葉など怒号で聞こえない。総理官邸前は、狂気のるつぼと化した。

トレーラーに積まれたコンテナからは、男女十二人の死体が発見された。

ダイナマイトで自爆した運転手の身体は原型をとどめておらず、司法解剖もできない状態で、それでも肉の断片は拾い集められ、鑑識に回された。

男女十二人と運転手の身元は、いまなお明らかになっていない。

第一章　予兆

1

　後ろを振り返ってみたが、怪しい人影は見当たらなかった。人で埋め尽くされた渋谷駅前交差点だ。尾行者がいたとしても、発見できるはずもない。見られているという感覚も、いまの三井壮一の立場からすれば、まんざら的外れとは言えない。

　レンタルショップの入り口をくぐり、エスカレーターに乗った。三階まで上がり、海外ＤＶＤ売り場の奥左側、ラブストーリーの「あ」行を目視しながら、目的のものの存在を確認して、そこを通り過ぎた。四階に上がり、左右の棚を見るふりをしたあと、カーテンのかかったアダルトコーナーに入った。リュックを背負ったひげ面の男がひとりいるだけだった。カーテンを開いてコーナーを出た。誰もいない。三階に下りる。目的物を手に取り、ケースに入ったものを引き出して右手に持ち、ケースを元の位置に戻した。

一昨日から三井には気になることがあった。

大学同期だった横峰《よこみね》道夫が行方不明。横峰とは十年ほどの疎遠の時期のあと、一年前に連絡があり会ったことがある。曽根電源開発で部長職を務める横峰が電話をよこしたのは、一年前の三月十一日のことだった。スマートフォンにかかってきた電話は、登録されていない番号だった。出てみると、「横峰だ」とぶっきらぼうな声が聞こえてきたのだった。相談に乗ってくれ、と言い、さらに、電話では話せないことなのだと言う。そこまで言われれば、記者としての嗅覚が働かないはずがない。時間と場所を決め、その日のうちに会うことにしたのだった。

歌舞伎町のカラオケ館に入り、音量を上げ、横峰と向かい合った。話は興味深いものだった。

「機密文書を相川達也に売ろうとしているグループがいるんだ」

「相川達也？　あの右翼の大物か」

どんな内容の文書なのかと訊くと、具体的には言えないがと前置きして、

「放医研と厚労省が保有するデータだ」

と言った。

「お前んとこの社員だけでなく、官僚も絡んでるのか」

不思議な思いがした。横峰が勤める曽根電源開発の社員だけなら分かるが、霞ケ関も関わるとなると大問題だ。

「一般社員じゃないぜ、役員だ。それに厚労省もノンキャリじゃないぜ」

「つまり、世間には絶対に出てこないデータということだな」

「日本が吹っ飛ぶくらいのものさ」

横峰の話はにわかには信じがたかった。横峰は曽根電では、まだ部長職、火力部門だから、そんな重要な話が入ってくる立場にはいない。

三井の思いに気づいたのか、横峰は、

「俺は、我が社のホープだということをお前は知らないな。うちの会社、これぞと思う人材には、幹部候補生教育の一環として、情報を流してくれるんだ。甘い会社だろ？」

と笑う。

「それで、俺に何をしてほしいんだ」

「俺とお前は考え方が百八十度違う。単なる自慢話をしたかっただけだ」

「お前がエリートコースを歩んでいることは嬉しいが、俺が思ったのは、お前は汚い仕事に手を染めようとしているのじゃないかということだ」

三井の言葉を受けて、横峰が大笑いした。

「さすがだな。お前の言う通りだ。重要データを横流ししようとする悪辣《あくらつ》な奴らをどうやって処分するか、その陣頭指揮を任されたということだ。成功すれば、同期一番乗りで執行役員間違いない」

血色のいい顔に笑みをたたえたのが一年前のことだ。そして昨日大学同期の男に、横峰が行方不明になったと聞かされたのだった。

三井の頭の中に、一年前の横峰の顔がよみがえる。全身に自信をみなぎらせて、同僚や上司を売ろうとする横峰の嫌悪すべき顔だった。

あれ以来、横峰が言っていた放医研や厚労省からデータが漏れたという話は聞かない。おそらく、横峰の密告で計画はつぶされたのだろう。ただ、曽根電内部での人事にとりたてて大きな変化は見られなかったし、幹部クラスで退職者も皆無だった。不穏分子はどのように処理されたのか。

横峰の失踪が、密告計画と関係しているのか？　三井はスマホを取り出し、横峰の自宅に電話を入れた。

横峰の奥さんとは結婚式の二次会のときに会っただけだ。社内結婚だと聞いている。名前は確か……美佐子だったか。

発信音が数秒続いたあと、女性の声が聞こえてきた。三井が名乗ると、三井のことを聞き知っていたようで、「ご無沙汰しております」と返事が来た。いたって普通の声なので少しは安心した。これなら、質問にも応じてくれそうだ。

「横峰君のことが心配になって、失礼とは思いましたが電話させていただきました」

と告げると、美佐子は事情を説明してくれた。

一週間前の三月一日、会社の親睦会の日、朝になっても帰宅していなかった。いくら遠方でも、いくら遅くなっても家に帰って来ない日はなかったので、心配になり、横峰の同僚に電話を入れると、親睦会のあと、横峰は行くところがあるからと言い残して、二次会には参加しなかったということだった。翌日も翌々日も何らの連絡もないので、会社の人と相談の上、捜索願を渋谷警察署に出したという。

「手がかりはありますか？」

「警察の人たちは懸命にやってくれていますが、いまのところ、足取りもつかめていません」

死体が発見されないと動かない警察にしては、懸命にやっていると美佐子が思った根拠はなにか？ 天下の曽根電の、しかも幹部候補生だ。曽根電からプッシュがあったのかもしれない。どれほどの人数を投入しているかは分からないが、一週間経っても足取りもつかめないというのはおかしい。

「担当の刑事の名前を教えていただけますか」

美佐子は、はいと言って、「黒木良三という方です」と答えてくれた。

「部署と肩書きは？」

「生活安全課、とだけあります」

「ご主人に最近変わったことはありませんでしたか」

「いえ、特には……」

と言いよどんだあと、

「人事異動の内示がありまして、意に沿わないところに異動させられると嘆いていました」

特にないどころではない。自信家の横峰が左遷に耐えられるはずがない。今回の失踪に大きく関

係していると思っても間違いはないだろう。詳しく尋ねると、

「文書課への異動と内示を受けました。文書課は間接部門で、閑職以外の何物でもないそうなんです。それに、火力営業の第一線から文書課への異動は過去に皆無だということでした」

「分かりました。私も警察や知り合いを当たってみます。捜査状況など進展がありましたらご連絡いただけますか」

と言って電話を切った。

知り合いの刑事から黒木良三を紹介してもらい、現在の捜査状況を訊いてみたが、実質何も動いていないという感触しか得られなかった。

思いを巡らしているとき、一人の男を思い出した。元曽根電社員だった山瀬善三だ。社長候補だったほどの人物だから、曽根電には知り合いも多い。何らかの情報をもらえるのではないか。

早速電話をかけようとスマホを取り出したとき、部長がやってきて、三井の肩をたたいた。

「ちょっといいか？　緊急の打ち合わせをしたいんだ」

スマホをポケットにしまい、部長の背中を追った。

会議室には社会部の次長たちと警視庁クラブのキャップである五十嵐がいた。

「身元が割れたんだ」

部長が言い、五十嵐に話すよう促した。

「いま部長がおっしゃった通り、死者の一人の身元が割れた。中国籍の男とみられている。という

のは、外務省のデータには載っていないため確認とれないから。密入国者だろうとのこと。それもいまは不明。右腕にドラゴンのタトゥーがあり、比較的新しいものだったので、捜査陣が首都圏の業者をしらみつぶしに聞き込みして判明したらしい。名前は蔯尚絅《チン・ショウケイ》、業者に提出した書類にはそう書かれてあった。偽名と思われたが、外事が歌舞伎町の中国マフィアに聞き込みしたところ、蔯は実在するとのこと。蔯は一年前に再稼働した結城《ゆうき》原発で働いていた。そこまでが現段階で判明した事実だ」

「運転手もその筋か？」

「捜査本部ではその見方のようだが、すべてがすべてではないだろう」

「原発は密入国者を雇うのか」

「審査が厳しくなっているので、通常は無理だ。もちろん抜け道はある。抜け道をつくってやっていると言った方が当たっているかも」

そこで、部長が口を出した。

「捜査陣が隠していることがある」

みんなの目が部長に集中した。

「コンテナ内の死体はすべて被曝していた。線量の数値が高い。早晩死ぬ運命にあった十二人だということだ」

「運転手は何者だったのか。それが分かれば一本の筋が見えてきそうですね」

「運転手についても、捜査陣はある程度つかんでいるようだ」

「つまりは、発表できない事実があるということか……」

三井がつぶやくと、部長は三井を指さして、

「おまえ、特別班のキャップやれ」

「特別班？」

「発表したのは、中国との絡みということだけで、その裏にあるすべてを隠している。特に首謀者と思われる運転手の素性が分かれば、筋道は見えてくる。あれだけのことをやったんだ。しかも場所が場所だ。単なる中国絡みとは訳が違う」

部長の言葉を受けて、三井は口を開いた。

「自爆は抗議行動と相場が決まっている。中国、原発、総理官邸をつなぐキーワードが何か、ということになる。犯行声明がいまだ出ていないのも不思議だし、何を隠しているのか興味津々だ。警視庁だけの問題じゃなく、官邸だろうな」

そこまで言ったとき、部長が口を挟んだ。

「部の若手を三人つける」

三井はデスク業務からしばし離れて、官邸突入事件を追うことになった。

入社五年目の二人と、福島支社に配属されて三年目の記者を呼び寄せて、四人の構成で事件を追うことになった。三人ともバイタリティに富む男たちで、この件に大きな関心を寄せていることが

分かり、心強い。一人は北京大学留学経験があり、あちらに人脈を築いている。福島支局員だった若手は、原子力工学科出身の異色の記者だ。経産省、原子力保安院、規制委員会への突っ込みが鋭いことで一定の評価を得ている。

打ち合わせを終えて外に出た。受付前の椅子に座り、スマホを取り出した。先ほどかけそびれていた山瀬善三の番号を押した。今回の事件を本格的に追うことになったので、タイミングとしてはよい。

発信音が鳴り出してすぐに山瀬の声が聞こえてきた。

「お元気そうで何よりです」

と言うと、いつも丁寧な山瀬が、時候の挨拶を端折って、

「官邸のことですか?」

と直裁に質問してきた。

「はい、山瀬さんのご意見を聞きたくて電話しました」

「あなたから連絡あるのではと思って、曽根電の親しい何人かに訊いてみました。でも、何も答えてくれません。明らかに何か動きがあるはずなのに、言葉を濁します」

「ありがとうございます。情報はなくても、いまの山瀬さんの言葉で、とっかかりがつかめました。実は、これからこの事件を追えと業務命令がありまして、しばらくかかりっきりになるんです。以前のように山瀬さんに貼り付くことはしませんが、以前同様に、示唆に富むコメントを頂戴できれ

ばなと思っています。ところで、山瀬さんご自身は、どのようにお考えですか」

「手がかりになるものが一切ないので、何も思い浮かびません」

山瀬の癖だ。何も浮かばないというときは、すでに結論を持っている。

「近いうちに高円寺に伺いますよ。焼き鳥で一杯やりませんか」

「いつでもどうぞ」

電話を切り、そのまま駅に向かった。

中央線に乗り、高円寺駅で降りた。北口の酒屋でオールドパーを買い、山瀬古書店に向かった。日差しは淡く、春の到来を拒否するような風が通り過ぎる。平日なので商店街を行き交う人はまばらだった。

山瀬善三は古書店を営んでいる。元曽根電の幹部候補生だったが、内部告発を疑われて、自ら社を去った。告発文書は大日新聞科学部に郵送されたが、一面を飾る日の前日に、掲載不可の命令が役員から下されたという。四十年前のことだ。

そして笹田原発事故が起きる半年前、ひとつの事件が起きた。政府が何者かに恐喝されたのだ。億単位の金が犯人に渡ったと言われているが、確証はない。なぜかと言うと、この事件は、報道規制が敷かれ、官邸からの情報も一切流れてこなかったからだ。取材をしても、何も出てこない。しかし、噂は広まる。事実は必ずどこからか漏れてくるものだ。三井はこの事件を追っているうちに、山瀬善三に行き着いた。恐喝事件の首謀者は山瀬で間違いないと、三井はいまでも確信している。

山瀬善三とはそれ以来のつきあいだ。

五十メートルほど手前で立ち止まり、山瀬古書店のあたりを見つめた。当時は公安が店の前に貼り付いていた。警察も三井同様、山瀬を恐喝事件の犯人と見ていたことになる。

そんなことを思い出しながら歩いた。

山瀬古書店近くに、不審な人影は見えない。三井は店を素通りした。ちらりと店内に目をやると、店番をしている山瀬の品の良い顔が見えた。五十メートルほど歩き、来た道を戻った。怪しい者は発見できなかった。山瀬はすでに過去の人となったのだと三井は思いながら店に入った。

「まさか今日の今日とは思いませんでした」

と山瀬は言ったが、歓迎してくれていることは表情で分かった。何年ぶりの再会だろうか。大地震と津波によって引き起こされた笹田原発事故をリアルタイムで体験したのは、山瀬と一緒のときだった。あれから一年間、山瀬が所有し、表に出なかった告発文書の取り扱いで協議を重ねてきたが、その努力も報われなかった。

山瀬を介して知り合った人たちの近況も知りたかった。

山瀬は店じまいを始めた。

「まだ閉店時間前ですよ」

と言うと、山瀬は頬に笑みをつくり、

「今日は高価な本が売れたので、もう十分です」

「どんな本です？」

「731部隊関連の掘り出し物で、『凍傷について』というものです」

三井が黙っていると、

「十万円で買ってくれました。あなたと同じ職業の方ですよ」

「伊地知《いぢち》という男じゃないですか？」

心当たりがあったので名前を出すと、山瀬は頷き、

「お知り合いでしたか」

「面識はありませんが、名前だけは知っています」

「そうでしたか。とても好奇心が旺盛で勉強家ですね。その方が言うには、いまの日本は昭和の残滓の中で息をしている、と。言われてみると、その通りなのだなと思いましてね」

「ところで」三井が本題に移ろうとすると、山瀬は、

「その伊地知さんが今回の事件のことを話してくれましてね。とても興味深いものでした」

三井は身を乗り出しそうになった。山瀬はそれを言いたいがために伊地知のことを話題にしたのだ。

「コンテナの中で死んでいた人間たちの身元はすでに割れているそうです。どうしても公にできない事情があるのだと、伊地知さんは言ってますよ」

三井が黙っていると、山瀬は、三井の顔をじっと見たあと、

「一人は曽根電の元社長だそうです」

「國弘丙午《くにひろへいご》ですか？」

「よく分かりましたね」

「山瀬さんの元上司でしょう」

「はい、大変お世話になりました」

山瀬は表情を全く変えなかった。

にわかには信じがたい。確かに、このところ國弘丙午の動静は伝えられていない。しかし、たとえ笹田原発事故の責任者だとはいえ、すでに第一線を退いた人間、高齢でもある。そこで、あることに気づいた。

「山瀬さんが疑われているのですか？」

山瀬が社を追われるきっかけをつくったのが國弘丙午だということは、周知の事実だった。山瀬が國弘に恨みを抱いての犯行との見方をとる者も出てこよう。

「私みたいな老いぼれになにができると言うんでしょうね。伊地知さんが言うには、公安筋では私をマークしているらしいですよ。笑いたくなります」

「伊地知の言ったことが事実だとすると、何のための犯行でしょうか」

「分かりません」と山瀬は突き放すように言った。

「外に出ませんか」

酒が入ったからといって、山瀬が自分の考えを漏らしてくれるとは思わないが、久しぶりに共通の知り合いについて話を聞きたかった。

「今回の事件のことは、おいおい事実が明らかになってくると思います。我々もいま必死に動いていますし、うちの若手の記者は優秀だし機動力もありますからね」

駅前の焼き鳥屋に入った。

「勝又くんはまだアメリカですか？」

「もうすぐ帰国するそうですよ」

勝又というのは、高円寺のキャバクラの呼び込みをしていた男で、笹田原発事故のあと、突然アメリカに渡った。原発事故の前に、政府恐喝事件があり、勝又も犯人の一人ではないかと三井は思っていたのだ。表に出なかった身代金を受けとり、それを元手にして渡航したのではないか。三井はそう信じていた。

「アメリカで成功したそうですよ」

「何の商売です？」

「不動産だそうです。マンハッタンにビルを所有しているとか。元々はコンピュータ技術を習得して、その世界で資金を稼いだようです」

「彼はハーフでしたね」

「祖父がアメリカ人、祖母が博多生まれの日本人、いや在日だとか言ってましたね」

「帰国はいつです？」

「明日です。明後日、福井の料亭で会うことになっていますが、三井さんもよろしかったら、ご一緒にいかがですか？」

「福井ですか……もしかして、亡くなった新金《あらがね》くんの法事ですか？」

「はい。彼が死ぬ間際に籍を入れた睦美《むつみ》さんに勝又くんを面通しさせようと思いましてね」

「私も参加してよろしいのなら、ぜひに」

「それはよかった。三井さんには、もうひとりご紹介したい人間がいるのです」

「どなたですか」

「相川達也という方です」

三井は驚いた。まさか、山瀬の口から相川の名前が出てくるとは思わなかった。

表情が顔に出たのか、山瀬の瞳が揺れた。

「どうしました？」

「私の友達に曽根電の火力部門にいた男がいます。そいつから相川の名前を聞いたのが一年前、そしてつい最近、その男は行方不明になりました」

「その方のお名前は？」

「横峰道夫というのですが、時代が違うのでご存じないですよね」

山瀬はしばらく黙ったあと、

「存じてます。私は一時期、人事部にいたことがありましてね。そのとき面接した応募者の中にいました。彼は母子家庭でしたので、普通は採用不可なのですが……曽根電はそういう会社でしたので……しかし、担当教授の強い推しもあり、何といっても応募者の中で最高成績でしたので採用可となったのです」

「そうでしたか、私は横峰とは学生時代、とても仲が良かったのです」

「よろしければ、行方不明になられた経緯を教えていただけますか」

三井は、ためらうことなく、横峰から聞いたことを話していった。

聞き終えた山瀬は、黙ったままだ。表情に変化もない。しばらくして、店員を呼び、

「冷酒を二本お願いします」

と言った。

三井には山瀬に聞きたいこと、教えてもらいたいことがたくさんあるのだが、いまは相川達也のことしか頭になかった。

「どう思われます？」

と訊くと、運ばれた冷酒に口をつけたあと、

「実は、その話は相川さんから聞いたことがあります」

三井は驚き、どんな内容だったのか話してほしいと山瀬を急《せ》かした。

「放医研と厚労省のデータを一千万で買ったそうです」

「買った？　それにしては、何らの動きもないのですが、相川さんはそのデータを何に使ったのでしょう？」

「手持ちの駒をすぐに使う人ではないですよ。使い道はいろいろあるのでしょう。どかんと使って世の中に衝撃を与えるか、あるいは、小出しにして、人と組織を動かすか」

「どんな資料です？」

「それは聞いていません。訊いても答えてくれないでしょう。ただ、放医研と厚労省ですから、想像はつきます」

「売りに来たのは誰です？」

「資料を持参したのは、厚労省のノンキャリの男だったそうです。ただ、事前に連絡をしてきたのはＩＴ企業の社長とか。私はその世界に疎《うと》いので知らなかったのですが、満島誠《みつしままこと》という、まだ三十代なのに、昨年、長者番付の上位に入った人だそうです」

三井の知らない人間だった。

「相川さんは、その男の情報を以前から買ってやっていたそうです。非合法に入手した情報でしょう。いままでは、相川さんの片腕のような存在だそうです」

「満島は単なる仲介役。問題は、誰が満島を頼ったか、ですね。間に複数の人間が介在しているのでしょう。大本《おおもと》を探し出すのは容易ではないですね」

「あなた方の機動力があれば、うまく行きますよ」

山瀬に励まされた。店内は客でひしめきあっている。周囲には、怪しい人間がいるようには見えない。いたとしても、喧噪の中、お互いに聞き取れないほどの小声で話しているので聞かれることはないだろう。

山瀬と別れて、駅のホームで電車を待っているとき、携帯が鳴った。

社会部長からだった。

「警察発表があった。亡くなった十二人の身元が割れたそうだ。半分の六人が外国籍だ。中国、ベトナム、タイ、ラオス。残りの六人は、ドヤ街の住人だ」

「ドヤ街？　山谷とか釜ケ崎のことですか」

「警察もよく調べたものだ。ホームレスは身元を隠しているし、仲間たちの口は堅い。そう簡単に割れるとは思われないんだがな」

「原発でしょう」

と言うと、

「お前もそう思うか？」

「ホームレスが原発作業員になると言って出て行ったまま帰ってこないそうじゃないですか」

「原発作業員の末端手配は暴力団だからな。そうなると、世界的なマフィア組織も絡んで、何か不穏な要素が隠れているとみるしかないな」

電車が来たので電話を切った。

コンテナ内の死体は原発作業員だということが分かっただけだ。犯人たちの意図が読めない。官邸で無駄死にの玉砕。犯行声明なし。首謀者である運転手の身元は不明。

次の駅で電車を降り、チームの一員をスカイプで呼び出した。顔合わせも終わっていないのに、すでに彼らは動き始めている。山瀬から聞いた情報を話すと、二人は異口同音に、

「役人を恫喝しましょう」

と言った。

「手っ取り早いですよ。すでに、彼らは真実を知り、裏工作に走っているでしょう。それは国民の利益に反することに間違いないですからね」

「吐きそうなやついるか」

「役人、特にキャリアはスキャンダルに弱いですから」

「よし分かった。政治部の人間から、あらゆるスキャンダルを聞いておく」

「ポイントは、自爆した運転手ですよね」

「それはそうだが」ともう一人の記者が言った。「キャビンには二人いたという噂がありますが」

「誰に聞いた？」

「機動隊ですよ。警備隊に聞いたということで、又聞きではありますが」

「他には？」

「自爆したのは一人、そしてもう一人は生きているのじゃないかと」

「警備隊監視の中だ。逃げおおせるなどできない」

「警備隊員に紛れ込んだのでは？　これも噂です」

「天下のＳＰの目を騙《だま》すなんてできっこない。そんなガセネタは無視してくれ」

「あと、もうひとつ」

「何だ？」

「入館パスで官邸に入っていった男がいるそうですが」

「それも無理だ。車が官邸に突っ込み、ダイナマイトが炸裂した。そんなときに入館させない」

「……ですよね」

記者は引き下がった。

噂と憶測で語ろうとする記者に、三井は苛立ちを隠せない。経験が浅い。腹が立ったが、それでも、懸命に取材しているチームの二人には感謝しかない。

明日は福井に行く予定だ。相川達也から、どれだけの情報を得ることができるか。

2

海原はるかに船影が見える。潮騒と月明かりだけでできた世界に朝が訪れようとしていた。山瀬善三は堤防の突端に腰をおろし、新たな日の訪れを待っていた。

この海に新金東《あずま》の遺骨が沈んでいるのだと思うと、それまで静かだった気持ちがざわめき始めて内心戸惑ったのだが、鎮めることもせず、波間に新金の面影を探すことに没頭した。

新金が亡くなって、今日で何年経ったのか。善三の心にある墓碑銘には「三月十一日」がくっきりと刻まれている。市井の人間として生き、最後はホスピスで愛する女性に看取られながら亡くなった男は幸せだったのか。唯一の功績といえば、極悪人一人をひそかに殺害したことだけだ。でも、それだけで十分だったのではないか。欲や邪悪な心とは無縁だった男が最後にむき出しにした嵐の感情、そして気持ちを裏切ることなく、愛する女を暴行した暴力団員に復讐を果たしたことを、罪と言えようはずもない。

黙って海を見つめ続ける善三の横には、新金の妻・睦美がいる。防波堤の突端に二人並んで座り、沈黙を続けるのは、新金への黙禱ともとれた。沈黙が途切れたのは、遠くの山間《やまあい》から太陽がわずかに顔を出したときだった。

「東くんの遺骨を撒いたときは、月も星も出ていない、真っ暗闇の中でした」

睦美の声が澄み切った空気の中で凜と響いた。善三は海を見つめたまま二度頷いた。睦美が続ける。

「苦しむこともなく安らかな死に顔でした」

何度も聞いたことだった。新金東が亡くなった知らせを受けたとき、一年後、二年後、三年後、四年後、……そしていま。毎年三月十一日には睦美が善三に電話をくれた。睦美の近況報告が中心の会話で、新金の話題に触れることはほとんどないのだが、新金の死に顔についてだけは、毎回、睦美の口から出た。優しい死に顔のことを口に出すことで、当時の哀しみを忘れようとしているのかもしれなかった。だから、善三はいまでは、同じ言葉を聞いて安堵するようになっていた。これから十年、二十年と同じ言葉を聞きたいと思う。二十年後に善三が生きていればの話ではあるが。善三は、来月七十八歳となる。

曙光が海を照らし始めた。海面がきらきらと輝く。月の光は消え失せた。身体を回すと、山肌が光の粒を受けて輝いている。整然と並ぶ棚田に光が差す。

「私の生まれ故郷を思い出します」

言うと、睦美は間髪を入れずに、

「笹田町ですね」と言った。「善三さんのことは東くんに何度も聞かされました。笹田町の自然を破壊した原子力発電所のことも」

「その笹田町もいまは消えたも同然です」

「……はい、知っています」

「もう元には戻らない」

善三の言葉に、今度は睦美が二度頷いた。

白い波頭が目立ち始めた。水しぶきが裾を濡らす。善三は無造作に波を蹴った。

睦美とは初対面にも関わらず、何度も会ったような錯覚に陥る。それは、睦美を、心の盟友である荒金東と重ね合わせているためかもしれなかった。

　ジーンズにブルーのウィンドブレーカーを羽織った睦美が、善三と同じように裸足で波を蹴る。曙光に照らされた睦美の横顔を善三は見つめた。

　通った鼻筋と引き締まった口元。ふくよかな頬が日の光を受けて輝く。

　善三の視線を感じたのか、睦美は善三の方に顔を向けた。切れ長の目の奥には力強い光を放つ黒い瞳が息づいている。

「善三さん、どうされました？」

　と訊かれ、善三は戸惑うこともなく、

「履き物がかわいいなと思ってね」

　と、堤防に揃えて置かれた真っ白なスニーカーを指さした。

「やはり、お父さんだわ！」

「ん？」

　睦美の言葉の意味が分からず訊き返すと、

「東くんが言っていた通り、善三さんはお父さんみたいです」

　と言って笑う。睦美の言葉の脈絡のなさに今度は戸惑ったが、睦美の左頬に浮かんだ片えくぼが、善三の心を鎮めてくれた。

　睦美はいま取り組んでいる活動について淡々と語り始めた。ホスピスで看護師として働くかたわらで原発反対運動の先頭に立っている。原発のことを「悪魔のエネルギー」と呼ぶ。遺伝子を変異させ、人類を滅ぼす悪魔の装置、というわけだ。

睦美は反対運動のいまを語る。熾烈化する切り崩し工作で仲間が離脱していく。ふんだんな資金は人間の正義をも変えてしまうのだと睦美は嘆く。原発で潤う町での反対運動は、巧妙な手口で崩されていく。苛立ちを淡々と語る。

「闇の中での手探りです」

と締めくくったあと、睦美の話は新金に回帰する。

「東くんは、末期癌の苦しみの中でさえ、ホスピスを出て一緒に行動したいとまで言ってくれました。私はとても嬉しく勇気づけられたのですが、そんなときに限って看護師としての意識が頭をもたげます。全身の痛みに顔を歪めながらベッドを出ようとする東くんを押さえつけて休ませました。モルヒネも効かなくなり、苦しんでいる東くんを見ていると、いてもたってもいられなくなり、塩化カリウムを輸液パックに入れようかと何度も思いました。自殺幇助《ほうじょ》で捕まり、懲役刑となっても、むしろその方が、すべてを捨てられて私も楽になれるのではと思ったりしました」

善三は今度は頷くことなく、ただ聞き入っただけだった。終わったことだという思いからではなく、睦美の気持ちに寄り添う術が思いつかないからだ。

「知り合ったとき、東くんは原発作業員として働いていました。あそこに見えるところです」

と指さした先には白亜の建物があった。

「悪魔のエネルギーをつくるところ。東くんは悪魔に殺されました」

睦美の声のトーンは変わらない。美しい声だった。

悪魔の住まいから延びる幾本もの送電線を目で追いながら、善三は新金のつぶやくような話し声を思い出していた。寡黙な新金の口癖であった「原爆と原発は同じ」という言葉が蘇る。

近づく足音に気づき、振り返った。勝又慎二が歩いてくる。腕時計を見ると、約束の時間ぴったりだった。

「よ、おっさん、相変わらずしょぼくれとるな」

五年前と同じ下手な関西弁が勝又の口から出てきた。身長は変わらないが体重は明らかに二十キロは落ちている。鼻梁の高さと碧眼《へきがん》は変わりようがないが、頬の肉が削がれたため か別人の風貌だ。真っ黒のハーフパンツから伸びた足は、以前よりひとまわり細い。しかも鍛え抜いただろう筋肉がつまっているようだ。まだ春の訪れには間がある季節だが、勝又が身につけているのは薄手のTシャツ。その胸の部分には、チェ・ゲバラの顔写真がプリントされていた。どこにでも売っている代物だ。

「元気そうで何よりだ」

と声をかける。長い期間を置いての再会とは思えない淡泊な言葉しか出なかったが、それで十分だった。勝又はにやりと笑い、

「近くで見ると、おっさんも変わったな。若返ったようや」

と、世辞とも本音とも分からないことを言った。睦美を紹介すると、「べっぴんさんやんけ」と言い、睦美と握手を交わした。

「東の仇討ちにアメリカから戻ってきたんや。奥さん、おれたちにすべて任せてくれはりますか」

と言った。

睦美は目を丸くして頷いた。驚いたのは、勝又の意味不明な言葉もあるだろうが、善三が睦美に伝えていた勝又のプロフィールと違っていたからかもしれない。

「私が睦美さんに誤解を与えるようなことを言っていたようだ。アメリカの生活でこんなに変わるとは思ってもいなかった」

「おっさん、わしは昔と同じ人間や。なんも変わっとらへん。変わったのは体格と人脈だけや。あ、それと資金力もついたで、金の心配はせんでええで」

善三はどう答えていいか分からず黙っていると、勝又は「三井はんは？」と訊いた。

「料亭に直接来る」

「元気にしとるんやな」

「大日に戻った」

勝又は目を剝いて驚いた表情をしたが、そのことには言及しなかった。

「ほな、行こか。過去は過去。原発問題はまだ終わっとらんで。これからが勝負や」

勝又の言葉を潮に、善三は立ち上がり、海沿いの料亭に向かって歩き始めた。当地ではトップクラスの料亭だという。個室を予約してくれたのは睦美だ。あと二十分ほどで予約の時間となる。

三人だけなら睦美の部屋でも、ファミレスでもよいのだが、そうはいかない事情があった。右翼の大物である相川達也が同席するのだから、やはり礼を尽くさねばならないと考えた上でのことだ。

相川達也とは電話では数回話しているが、会うのは初めてだ。

今日は大事な話に発展するはずだから、期待とともに緊張が身体を走る。料亭の大きな看板が見えてきた。

玄関に、作務衣《さむえ》を着た小柄な男が立っていた。その横に三井がいた。相川の右手には名刺が握られている。おそらく三井の名刺だろう。

「はじめまして。山瀬です」

と言うと、相川は善三の目を数秒見つめたあと相好を崩した。すでに長年の友と再会したような感じだった。

相川達也の顔は日焼けして、七十五歳という年齢を感じさせないほど艶《つや》がある。厳しく非道な世界を歩んできたにしては、慈愛に満ちた目をしている。

「いま三井さんと談笑していたところです。大日新聞の上層部には文句をつけたい人たちもいるが、三井さんはそうではないようだ」

と、話はすでに三井とのことに移り、続けて三井が、

「相川先生が山瀬さんと昵懇《じっこん》だと聞いたときは、心底驚きました。今日は、どんなお話が飛び出す

のか興味津々です」

と、三井の意識はすでに先のことに飛んでいるようだった。

料亭の女将が和服姿で現れ、

「どうぞ、お部屋の方に」

と声を掛けてきたので話を中断した。案内された部屋は十畳ほどの和室で、部屋の真ん中にテーブルと座卓が五脚ある。掘りごたつ式になっていた。床の間のある方に相川と三井を座らせた。

席に着くと善三はすぐに、勝又と睦美を相川に紹介した。

相川は最初に睦美に頭を下げ、「何をなさってるのかな？」と言った。

睦美が、「看護師をしながら、原発反対の活動をやっています」と答えると、

「そうですか。がんばってください」と、まるで興味がないような態度を示し、すぐに、勝又に視線を移した。

相川は勝又をじっと見つめ、「お祖父さんにそっくりだ」と言ったあと、善三に向き直り、「あなたも、あの頃と変わっていない」と言う。

相川が赤坂のクラブ「キアロスクーロ」に出入りしていたことを善三は知ってはいたが、当時話したこともなく、仕事上の接点もなかった。当時の相川は右翼のボスだった太刀川《たちかわ》に私淑する弟子たちの一人でしかなく、これほどの大物になるとは思われていなかった。肝の据わり方に目を見張るものがあったのは確かだが、表に出て難事を捌《さば》くところを見たことはなかった。

「私に会えという太刀川先生の伝言があったということだが、こんなに長い年月を経てからというのは、どういう理由からかな。まず、太刀川先生とのご関係を含めて話してもらいましょう。国家と原発のことに関しては、その話を聞いたあとで十分です」

もっともな申し出だと善三は思い、太刀川とのことを話し始めた。

善三が日本有数の電力会社・曽根電源開発株式会社の総務部長をしていたこと、キアロスクーロ赤坂の地下密室で原発政策等について謀議が行われる際の裏方をやっていたこと、故郷の笹田原発を見たとき、突然原発反対論が頭の中に充満し、その後はいっぱしの反対論者になった。内部告発をして危険な目に合いながら会社を追われたこと、善三の実兄が笹田町町長で原発推進者だったこと、その兄が太刀川良平と組んで原発反対ののろしを上げ始めたこと、太刀川が亡くなる前に、日米密約に関する資料を手渡されたこと、その中には私信が入っていて、相川達也に会いなさいと書かれてあったことなどを、洗いざらい話した。

黙って聞いていた相川は、

「太刀川先生と、あなたのお兄さんとのことについては存じているが、あなたのことはそこまでは知らなかった」

と言い、さらに、

「もしかして、官邸を脅したのは、あなたかな？」

と訊いたが、善三は首を横に振り、「違います」と答えた。

「百億が官邸の機密費から支払われたと聞いた。はて、あなた方ではないとすると、どこの誰だろうか」

善三は、ものごとはほぼ二倍のスケールで進んでいくのだと思った。善三たちが手にしたのは五十億。それを関わった五人で分けた。

「その話はなしにしよう。真偽の分からない話をしたところで進展はない」と相川は言ったあと、

「太刀川先生の遺言に背《そむ》くわけにはいかない。だからあなたたちへの協力は惜しまないが、私もスーパーマンではない。できることとできないことがある。あなたの方で選別して、私にできることを指示していただければありがたい」

善三は相川に頭を下げた。

「早速ですが、お言葉に甘えさせていただきます。相川さんが買い取ったデータを譲っていただきたいのです」

「何に使うのです？」

「そのデータを材料にして、国を脅します」

「あれが表に出たら、世の中、大変ことになる。ご承知か？」

「表には出しません」

「国は、死に物狂いで探しますよ。あなたはすぐに別件逮捕で捕まります。拷問が待っている。精神的には耐えられるかもしれないが、身体はそうはいかない。口幅ったい言い方だが、官憲のやり

方は容赦ないですよ」

善三は相川の目を見て言った。

「万が一そういう状態になったときは、そのときです。若いときは権力の怖さをいやというほど見聞きしてきました。しかし、この歳《とし》になってようやく権力の弱点が見えてきました。もちろん簡単にそこを突けるわけではないのですが、それでも勝算がないわけではない」

「具体的には？」

「いまは言えませんが、そのうちご相談していくことになると思います。起爆剤となるのが、相川先生がお持ちのデータです。失礼かとは思いますが、一億で買い取らせていただけないでしょうか」

「ははは、一千万で手に入れたのを一億で？　そんなに私にもうけさせていいのですか」

「いいえ、もうひとつお願いがあります」

「なるほど、そういうことか。どんな願いかな」

「そのデータの持ち主と相川先生の間で橋渡しをしたＩＴ専門家をお借りしたいのです」

「満島を？」

「勝又くんと組ませたいと思っています」

「サイバーかね？」

「日本のサイバー防御は脆弱です」

「よし分かった！」

相川は宣言するように言い、その場でスマホを取り出した。

相川は、山瀬善三の名前を出して、協力してくれと言った。しばらく満島とのやりとりがあった。

相川が電話しているとき、横に座っている睦美が、

「山瀬さん、これまでの話、私には理解できません」

と小声で言った。明らかに不満顔だ。

「あとで説明します」と答えたとき、相川と満島との電話が終わった。

「満島は快諾しましたよ。とりあえず、勝又くん、満島に連絡してくれないか」

と言った。相川は、笑うと目尻が下がり、印象が一変する。

「さあて、わいの出番やな。満島には会うてみたい思うてたんや」

と勝又が言う。

「方法はすべて二人に任せる。それでいいでしょう、山瀬さん」

善三は頷いた。

「それから、若手を山瀬さんに貼り付かせましょう。あなたは必ず狙われる」

「ありがたいお言葉ですが、その必要はございません」

「そうですか」

相川はあっさりと引き下がった。

「さて、時間も押してきたので、そろそろ三井くんの話を聞いてもらえませんか」

と山瀬が言った。

三井が、官邸事件のことを話し始めた。事件そのものについては周知の事実なので端折る。三井は、コンテナで亡くなった人間の身元情報のソースを知りたいようだ。直裁的な言い方を避けるが、要はそういうことだ。ソースが分かれば、事件のアウトラインが見えてくるだろうから、三井の質問は当然と言えた。

「ソースは言えないが、当局はその線で通していることは事実だよ」

「その線で通す？　どういう意味です？」

「外国人六人は実在だ。しかし、残りの六人はドヤ街の人間ではない」

三井が目をつむった。考え込んでいる。数秒後に目を開けて、

「高級官僚、原発関係組織の上層部の人間たち……」

「その通りだ。霞ヶ関及び、関係省庁には死んだ人間たちは長期休暇ということになっているそうだ。彼らはいくらでも事実を隠蔽できることは、きみも承知のことだろう？」

「でも家族から漏れるでしょう」

「いや、家族も漏らしたりはしない。そういう世界だ」

ひと呼吸置いて、三井が、

「横峰道夫という男をご存じですか」

と訊くと、相川は即座に、

「きみの知り合いか？」

と訊き返した。

三井は、横峰の経歴と、一年前のことを話し、いま行方不明になっていると付け加えた。

相川は黙って聞いていたが、珍しく眉間に皺を寄せている。

「亡くなった運転手が横峰なのではないかと思っています」

「いや、違う、とだけ答えておこう。横峰という男、確かに私に接触してきた。曽根電の株主総会のことで相談があるということだった。私はずいぶん前から総会屋稼業は辞めているのだし、そのことをあの世界で知らない者はいないはずにもかかわらず……しかし横峰の話に一点だけ興味を持ったので会うことにした」

三井は言葉を挟まず、相川の次の言葉を待っている。開け放たれた窓から野鳥の鳴き声が聞こえてきた。

「曽根電をつぶしてほしいと言うんだよ」

「つぶす？」

「倒産すべき会社なのに、いまなお存続し続けている。笹田原発事故の処理も終えていないにもかかわらず、平然と社業を続けているのは理不尽だと言うんだ」

「おかしいな。私の知る横峰は、そんな発言はしません」

「でもしたんだよ。それで気になって会うことにした。赤坂の私の事務所を訪ねてきて、株主総会の話はそっちのけで、会社の罵詈雑言を言いつのる。私は、所属しているところの悪口を言う人間が嫌いでね。会社をよくするよう努力するのが社員のつとめなのではないか。社内にいて陰口をたたくのは潔くない。そう言ったのだが、曽根電内部にいるからできることもある、しかし自分では無理なのだと言うのさ。力を貸してくれとね。具体性に欠けると言うと、持っていた鞄からＤＶＤを取り出して、この中に材料が入っているので、検討してくださいと言い残して帰っていった」

「中身は、曽根電の内部資料ですね。どんなものでした？」

「ひとことで言えば、マニュアルだね。対外的な受け答えマニュアルとでも言えばいいのかな」

「いまも横峰と連絡をとりあってらっしゃるのですか」

「昨日も電話をしてきたよ」

三井はため息をもらした。

親友の安否が分かって安堵したのだろう。

けっきょく相川は、横峰がもってきたＤＶＤの中身も、一千万で仕入れた情報の譲渡についても、結論を出さないまま、「二日後にお返事する」とだけ言い残して帰っていった。

おそらく、我々をしらみつぶしに調べるための二日間なのだろう。用心深いことは理解できるが、信頼されるに至らなかったことに悔しさが残った。

悔しさとともに、気になることがひとつある。

同席している睦美の顔に貼り付いた疑念の色である。睦美を真正面から見つめながら、ことの成

り行きを説明せずにこの場に呼んだことを謝罪すると、

「お話、すべて理解いたしましたので、ご心配には及びません」

と言う。

開け放たれた窓から風が入り、睦美の黒髪を揺らした。

睦美は顔に降りかかった髪を右手で払ったあと笑顔を見せたが、すぐに笑みを消し、

「私も仲間に入れてください」

と言った。

勝又がすぐに反応する。

「何、寝言を言うとるねん。あんたは、東の生まれかわりや。最初っから仲間やで！」

「はい」

と答えた睦美は顔を紅潮させ、勝又、善三、三井の三人に柔らかい眼差しを向けた。

三井と勝又は東京に戻るために宿を出た。睦美は自宅に戻って行った。

善三は部屋をとってもらい、一泊することにした。古書店は閉めていても文句を言うものはいない。独りになって、考えることが多くある。海のさざ波が思考にリズムを与えてくれそうだった。

3

三井は尾行をまいた。素人でも気づくような尾行のやり方なので、まだ身の危険を感じる必要はない。脅し、つまりこれ以上首を突っ込むと危ない目に遭うぞという警告だ。

何に対する警告なのか？

考えられることは、山瀬善三との関係しかない。山瀬と会っていることで要注意人物に特定されたと考えるのが妥当だ。

道を何度も迂回し、最後に周囲を注意深く観察したあと、美佐子が住むマンションに足を踏み入れた。部屋番号を押すと、すぐにオートロックが解除された。事前に連絡をいれておいた。ドアフォンを押すまでもなく、ドアが開いて、美佐子が三井を招き入れた。

「落ち着かないご様子ですが、何かありましたか？」

「いえ。ただ仕事がつまっていましてね」

尾行されていることなど言えない。

リビングのソファを勧められた。部屋はそれほど広くはないが、きれいに整頓されていた。出されたコーヒーを飲んだところで、立ち上がった。美佐子が案内してくれた。

横峰の書斎は玄関に近いところにあった。六畳ほどの部屋で、机と本棚が大半のスペースを占めている。

「よろしいですか？」

美佐子に訊いた。今日、美佐子の部屋に来たのは、横峰のパソコンを見せてもらうためだった。事前に美佐子の了承を得ている。むしろ積極的に調べてほしいというニュアンスだった。藁にもすがる心境なのだろう。一昨日に相川から聞いた話を伝えて元気づけることもできたが、三井はそうしなかった。相川の言葉を盲目的に信じるつもりはないからだ。

書斎の机に置いてあるノートパソコンを開き、電源スイッチを押した。エクスプローラの「最近使用したファイル」には二十個のファイルがあった。大半が仕事関係のデータだ。「ドキュメント」を開いてみたが、これも仕事関係のものばかりだった。数字にグラフ。無味乾燥なデータばかりだ。日記のたぐいはないのか？　探してみたが、ない。メールボックスを覗いてみたが、これも仕事に関する内容ばかり。色恋沙汰もないし、私的な交わり、飲み会の誘いメールなども一切ない。一年前に横峰が言っていた件のファイルがひとつもないのだ。当時のファイルとメールを子細に見てみたが、やはりない。

自宅のノートＰＣさえ信用せず、つまり奥さんの美佐子さんをも信用しないのは横峰らしかった。すべてをミスなしに生きて行こうとする男の行動を見る思いがした。ノートＰＣを閉めようとしたとき、「ゴミ箱」を見ていないことに気づいた。まあ、周到な横峰のこと、削除し忘れていることなどないとは思ったが、念のために確認しておいた方がいい。

クリックすると、ここも同じように仕事関係のデータファイルが大量に出てきた。ファイルの一個一個を開いてみたが、ほしいものは見つからない。あきらめかけたとき、幸運がやってきた。

ロックのかかっているファイルがあった。パスワードを要求される。美佐子に横峰の誕生日を聞き入力したが開かず、数字を逆にしてもだめだった。好きな食べ物、動物、両親の名前、曽根電での最近の部署名……思いつくものを入れてみたが、開かない。

その場でスマホを取り出し勝又に電話した。

「素人が設定するパスワードくらいやったら、フリーソフトで十分やで。検索サイトでパスワード解析って入力してみい。たくさん出てくるから」

早速やってみた。なかなかうまくいかない。一時間ほど悪戦苦闘したあと、ファイルは開いた。パスワードは「konomi」だった。好み？　なんだろう？　と思っていると、横から「主人の愛人です」という声が聞こえた。振り返ると、美佐子が険しい表情をしていた。

内容は、愛人との密会日記だった。若者のように燃え上がっている。美佐子には悪いが、思わず笑い出しそうになった。妖《あや》しい描写もある。それが、安手の官能小説じみている。相手の女は相当なやり手だ。上昇志向の強い横峰がいさめられていたりする。性的な描写が目立つ、と言うより大半がその手の記述なので、読み始めたときの興味はすぐに薄れてしまった。プリントアウトして、このファイルを読むのは終わりにして、他の手がかりを探そうと思ったとき、三井は目を見張った。

相川とは相容れなかった。所詮やくざものだ。方針転換。当社を裏切る左翼社員と、日本国を絶望に向かわせる悪徳官僚に鉄槌を下さなければならない。相川の腰砕けは予想できていた。だから次の一手もすでに考えてある。

次の一手が何なのか、読み進めたが、それには触れられていない。

相川が言ったことと違う。どちらが真実なのか。相川の名前を見つけたときは小躍りしたが、元の木阿弥でしかなかった。ノートPCを閉じた。

「このみという女は曽根電社員ですか？」

「いいえ、銀座のクラブのママです」

「なんという店です？」

「クラブこのみ」

三井はこのみに会ってみようと思った。

相川の話を美佐子に伝えた。真偽は不明だが、少しでも安心材料を提供したくなったのだ。痩せ細った美佐子を見ていて、そう思ったのだった。

美佐子は、わずかだが表情を和らげた。

「三井さん、ありがとう」

会社に電話を入れた。変わったことはなかった。電話を切ると、すぐに着信音が鳴った。遊軍チームの東海からだった。

「今日、厚労省のノンキャリと飲みます。ずいぶんとなついてきているので、今夜あたり、いい話がとれそうです」

「人事をつついてくれ。それから病欠しているキャリアがいないかどうか」

「分かりました」

スマホをポケットにしまい、歩き始めた三井は、思い立って地下鉄の入り口に向かった。赤坂にある相川達也の事務所に行ってみよう。アポイントなしだ。手土産をもって、「近くに用があったので、ぶしつけながらご挨拶に立ち寄った」と言えばいい。不在ならそれでもかまわない。事務所を見ておきたかった。

赤坂タワービルは赤坂見附駅で降りて数分歩いたところにあった。住所で言えば元赤坂だ。ものものしく警備員が立っている。案内ボードを見ると、弁護士事務所、芸能プロダクション、各種団体に混じって、個人名を記した事務所が散見される。その中には与党政治家の名前もあった。エレベーターはすぐにやってきた。十六階のボタンを押した。磨き抜かれた廊下を歩き、相川事務所のドアフォンを押した。不思議なことに、すぐにインターホンから「どうぞお入りください」と女性の声が聞こえてきた。周囲を見回した。監視カメラのようなものは見えないが、ないはずがない。ドアを引き、中に入った。

これほど広い個人事務所を見たことがない。通された部屋だけでも三十畳ほどはあろうか。部屋はそれだけではなさそうだった。生活もできるようにしているのかもしれない。かすかにケーキのような香りが漂う。案内してくれた女性は四十絡みで品がよく、笑ってはいないが笑顔が似合いそうだった。

　間仕切りがある向こうに相川はいるようだった。ソファに座り、秘書の女性が香り立つコーヒーをテーブルに置いたとき、相川が顔を出した。

「あなたの会社とはそれほど離れていないのだから、いつでも遠慮なく来ていただいてかまわないよ。わしもこういったじじいになったので、若い人の話を聞くのが身体にも頭にもいいようだ」

　滑舌がいい。顔色もよい。それにも増して、姿勢の良さが目をひく。突然の訪問をわびたあと、三井は率直に質問をぶつけた。横峰の日記を見せてもらったこと、そこに書かれてあったことと相川が言ったことに矛盾があることを。

「事実を教えてください」

　相川は表情を和らげた。

「横峰くんは生きているから安心しなさい。奥さんにもそう伝えてもらってかまわないよ」

　真偽を図りかねたが、相川が断言するからには事実と思うしかない。顔つき、口調、落ち着いた態度に接していると、相川は信用するに足る人間だと思えてくる。

　三井はそれ以上、追求しなかった。

　生きているのなら、いま何をしているのか？　どこにいるのか？　知りたいことは山とある。しかし、相川の表情は、三井の質問を拒絶していた。

「先生は銀座には行かれますか」

「飲みにということかね」

「ええ」

「昔はよく通ったものだが、いまはもっぱら、この近辺で済ませている」

「クラブこのみ、という店をご存じないですか」

相川は、沈黙した。思い出そうとしているようでもあった。

「一度行ったことがある。それが何か？」

「ママと横峰が愛人関係だそうです」

「それは知らなかった。まあ、愛人の一人や二人いても不思議ではない。横峰くんは女性にもてるだろう」

話はそこで終わった。

相川の事務所を辞した。ビルの谷間から茜色の空が見えた。三井は地下鉄に乗り、銀座に向かうことにした。しかし時間が早すぎる。一考したあと、あるところを尋ねてみることにした。学生のころ、横峰が住んでいた家だ。横峰の母親はきれいな人だった。何度か遊びに行ったことがある。いつも歓待してくれた。確か赤坂二丁目のマンション住まいだった。記憶を辿ってマンション名を思い出した。二〇三号室だった。すでに長い年月が経っている。横峰が社会人となり、結婚もしたのだから、すでに引っ越ししている可能性の方が高い。

マンションはすぐに見つかった。当時から高級マンションとして名高いところだった。いまも外観は全く変わっていなかった。

期待していたのだが、やはり無理があった。二〇三号室の住人は横峰の母親ではなく、郵便受けに書かれた名前は横峰ではなく、吉高というものだった。あきらめて帰りかけたとき、横峰が母子家庭だったことを思い出した。確か父親は事故死したと聞いた。もしかすると、横峰の母親が再婚して苗字が変わったのかもしれない。確認してみようと思い、管理人室の窓ガラスをノックして、訊いてみた。

「二十年前？　そんな昔のことは分かりませんよ。本社に訊いても、そんな前の契約書などは破棄されているはずです。私の知る限りでは、ご夫婦がお住まいです。お子さんはいません」

本社に連絡しても個人情報を教えてくれるはずもなく、たとえ知り得たとしても、母親が横峰の所在を知っている可能性は低い。妻にも黙っているくらいなのだから。三井は、横峰の母親のことはあきらめることにした。

マンションを出て、地下鉄に向かった。より具体的な手がかりを得られるだろう銀座のクラブに行ってみよう。

店はすぐに見つけることができた。重厚な木製の扉を押して中に入った。

紹介もない初めての店なので無理だとは思っていた。その予想通り、

「申し訳ありません。いま満席でございまして」

と黒服が言う。

三井は名刺を出して、

「横峰の知り合いだとママに伝えてください」

と言った。

名刺を見つめていた黒服はすぐに態度を変え、

「どうぞ」

と頭を下げた。

ネットで調べてはいたが、これほどまでとは思わなかった。広いスペースにボックス席が数え切れないほどだ。店内の奥にカウンターがある。左端に座った。ビールを頼んだ。

首を少し回すと、店全体が見える。黒服が言ったことはまんざら嘘ではなかった。九割は埋まっている。目を凝らすと、見知った顔が幾人も視界に入ってきた。政治家たちだ。比較的明るい照明、オープンなテーブルの配置からして密談や謀議にはふさわしくない。いまをときめく政治家たちは、ちょっとした骨休めでやってきているのだ。外国人の客も目立つ。西洋人よりもアジア系が目立つ。中国語も店内に響いている。身なりと立ち居振る舞いからして、明らかに官僚と思われる者たちもいる。彼らは、政治家の横で、わずかにへりくだった態度で侍《はべ》っていた。

ライバル社の記者の顔が見えた。確か政治部一筋の男だ。最近は系列のテレビで、コメンテーターをやっているようだ。その男は、元官房長官の山森と官僚らしき男の三人で同席している。ホステスは各人につき、山森の右手は細面のホステスのドレスの下に隠れていた。

ビールにはほとんど口をつけなかったのだが、カウンターの中にいるバーテンが、琥珀色の液体が入ったグラスを三井の目の前に滑らせた。バーテンを見ると、「ママからです」と言い、視線を三井から離した。バーテンの目線を追うと、女がやってくるのが見えた。

このみ、に違いないと確信したが、何かひっかかるものを感じた。

和服姿の肉感的な女。厚化粧は仕方がないし、明らかに整形した顔であることもとりたてて不思議ではない。

差し出された名刺には、「クラブこのみ　木の実」と書かれてあった。

「横峰のことをお訊きしたいと思ってやってきました」

ママは、自然な笑みを浮かべたまま、

「道夫ちゃん、最近いらっしゃらないのよ。お元気かしら」

「残念ながら、彼が元気かどうか知らないんです。あなたがご存じだと思ってたのですが、そうではないようですね」

「以前は一か月に一度は顔を出していただいてましたの。でも、ここ数か月、ぱったりとお顔を見ることができなくなりました」

「行方不明なんです」

言うと、木の実は驚きもせず、

「海外出張かしら」

首を傾げた。

「最後に会われたのはいつです？」

「いつだったかしら、確か経産省のお役人といらしたときでしたから……」

「いえ、ここではなく、プライベートで会ったのはいつです？」

「どういう意味ですか？」

「言葉通りの意味ですが」

「何か誤解されてらっしゃるわ」

「事実を言ってます。隠したい気持ちは分かりますが、ことは急を要するので、正直に答えていただけませんか」

「では正直にお答えいたしましょう。私のお店で暴力沙汰を起こすような人は、お店への顔出しは厳禁です。ご本人にもその場で伝えております。お店が、あのときのことでどれだけの損害を出したか。曽根電さんにお伝えしてもよかったのですよ。損害賠償を請求することも可能でした。でも、ことを荒立てていいことはないのは世の鉄則。泣く泣く我慢しております」

初耳だった。

「私の知る横峰道夫は暴力とは無縁の人間ですが」

「人間は多面的ですからね。それに、三井さんは横峰さんのことをよくご存じないようですわね」

「どんなことがあったんです？」

訊くと、ママは帯から封筒を取り出した。そこから写真を取り出して三井に渡した。二枚あった。一枚は小柄な男の胸ぐらをつかんで殴りかかろうとする横峰、もう一枚は倒れた小男に馬乗りになっている横峰の写真だった。

「それ、差し上げますわ」

ママはそう言い残してきびすを返した。

小声だったので、二人の会話に気づく者はいなかった。店内を見回したが、入ってきたときと同じ光景だった。

勘定を済ませてエレベーターに乗った。ビール一本五百円という値段はただごとではない。座るだけで何十万という銀座のクラブだ。どうして、居酒屋並みの料金しかとらなかったのか。

思い巡らせることもなく、結論はすぐに出た。もう来ないでくれ、というママのメッセージでしかない。

写真二葉。

目に見える収穫はそれだけだったが、形にならない収穫はいくつかあり、むしろそちらの方が重要な意味を持っていた。

ひとつは、木の実ママが横峰の愛人ではないことが分かったことだ。横峰の女性観を三井は知っている。木の実ママは、真逆の女だ。平たく言えば、横峰のタイプではない。もちろん好みは変化するが、横峰がずっと嫌っていた強い女を好きになることはまずないだろう。彼のトラウマとも言える過去の女性経験を知っている三井には確信があった。

では、「愛人関係」という噂は誰が何のために流したのか。いや、意図的なものではないのかもしれない。単なる下卑た噂の域を出ないのではないか。

もうひとつ収穫があった。

三井は写真を裏返した。携帯番号と時間が書かれてあった。

三井が出した結論が正しかったことが証明された。もう来ないでくれ。話は直接会って話す。そういうことだ。こみいった演出をせざるを得なかったところに、木の実ママの悩みを感じることができる。

腕時計を見ると七時ちょうどだった。木の実が指定している時間帯は午後九時から十時までだ。二時間待たねばならないが、苦にはならない。やるべきことが見つかったからだ。木の実から渡された写真を見つめた。そこに写っている人間に電話をかけるなり、直接会うなりすれば二時間なんて、あっという間だ。

二枚の写真を見ていると、両方とも左右で色合いが微妙に違うことに気づいた。デジタル合成は簡単にできる。横峰が小男を殴っている場面、馬乗りになっている場面は、おそらくつくられたものだろう。問題は写っている人物だ。小男は、崩れた感じの男だった。企業人ではなく、自由業、よく言えば画家、ジャーナリスト、作家。悪く言えば、芸能プロ、裏ビデオ俳優、キャッチ。職業に貴賤はないが、人に迷惑をかけることを生業としているならば、褒められた仕事とは言えない。

こんな合成写真をつくった理由は何か？　暴力事件として告発しても、すぐにばれる。

写真には横峰と小男以外にもう二人の男が写っている。一人はスーツにネクタイ、整った顔立ちに笑みを浮かべているのだが、目線は二人の喧嘩に向かっていない。これだけでも、写真が合成だと分かる。

これら二人の男のことを三井は知っている。

名前は確か椎名宏だったと記憶している。経産省のキャリアだ。次官候補として一目置かれている。そしてもう一人は、同僚の久須木《くすき》俊介だった。久須木は官邸詰めの政治部の記者だ。

三井は久須木の携帯に電話を入れた。

「クラブこのみのママとは親しいのか？」

「あの店は仕事柄つきあいで行くだけだ。ママになんか興味はないな」

「でも、頻繁に行くのだろう？」

「多いときで週に三回、行かないときは一か月空くときもある」

「ママはどんな人間なんだ？」

「枕営業のプロだ」

と久須木は笑い声を上げた。

「横峰という男を知っているか？　曽根電の社員だ」

「ああ、知ってる。将来の社長候補だろう？」

「クラブこのみで見かけたことはあるか？」

「もちろんあるさ。でも畑違いだから話をしたことはない」

「その横峰がクラブこのみで喧嘩したのは知ってるか」

「喧嘩って？」

「殴り合いだ」

言うと、久須木はまた笑い声を上げた。

「エリート社員は殴り合いなんてしないぜ、しかも銀座のクラブなんかでするわけがない」

三井は、写真を見せたくなった。都合を聞くと、一時間なら時間がとれると言う。ちょうどよかった。

日産ギャラリーの二階にあるカフェで会った。霞ヶ関からタクシーで来てくれたのだった。

「九時から記者会見があるんだ。珍しいだろう？　こんな時間に」

「重大発表か？」

「気まぐれだろう」

「お前、まだ記者会見とか行ってるのか？」

言うと、よく笑う久須木が珍しく眉間に皺を寄せて、

「記者はいくつになっても記者だぞ。お前みたいに、部下の原稿をチェックして楽しいか？」

と言うので、

「垂れ流しの発表を記事にするよりはいいと思うが」

と、三井も負けずに応じた。久須木は、何事もなかったかのように真顔に戻り、

「ミスして、始末書を書かされたんだ」

「……？」

「入館証をなくしちまってな」

「官邸のか？」

「そうだ」

「落としたのか？」

「Suica が入ったカードケースに入れてるんだが、どうも落としたらしい。Suica なんてほとんど使わないから、気づくのも遅かった。どうしても出てみたい会見があったので官邸まで車飛ばして、いざ入ろうとしたら、入館証がない」

「再発行してもらったんだろ」

「もちろん」

「慎重派かと思っていたが、意外とドジなんだな」

「弘法もなんとかというやつだ。まあ、俺も人間だということが分かってほっとしているところさ」

「無駄話はこのへんにして、これ見てくれ」

三井は写真をテーブルに置いた。

久須木は写真を手にとって見つめた。

「確かに俺だが、こんな場面に出くわしたことはない」

「合成だ」

久須木は写真にもう一度目を移した。

「なるほど。でも何のために、こんな馬鹿げたことやるんだ？」

「ママにもらった。おそらく、お前に連絡をとれという意味だと思ったんだが」

「何を追ってるんだ？」

「原発再稼働だ」

「じゃあ、俺は関係ないな」

と言ったあと、久須木は「あっ！」と声を出して続けた。

「この殴られている男、見たことあるぞ」

久須木は腕組みした。三井は待った。

「思い出した。伊地知だ。伊地知健作とかいうヤツだ」

「フリーの記者か？」

「ああ、それそれ。やたらと正義感ぶる嫌な野郎だ」

闇夜に少し灯りが点《とも》った感じがしたが、朝の日差しが差し込むまでにはまだ至らない。それでも、久須木を呼び出してよかったと三井は思った。

久須木と別れてから、ノートＰＣを取り出し、「伊地知健作」を検索した。

伊地知健作は逮捕歴があった。凶器準備集合罪、公務執行妨害で三年の実刑をくらっている。いまは消えてなくなった（あるいは細々と活動しているのかもしれないが）過激派セクトに所属していたときだ。年齢を計算してみると、現在三十六歳。いまの職業はフリージャーナリストと書かれてある。著作はない。出身大学は、宝山大学理学部応用化学科だった。学部学科は違うが、三井や山瀬と同窓ということになる。もちろん横峰とも同窓だ。

九時になったのでスマホを取り出し、写真の裏に書かれた番号をプッシュした。

「はい、吉良《きら》組」

ドスの利いた声が聞こえてきた。三井は慌てて、電話を切った。吉良組……広域暴力団だ。

4

善三が店じまいをしていると、勝又が通りの向こうからやってくるのが見えた。スリムになったが、百九十近い身長と広い肩幅は雑踏の中でも目立つ。

店内に入ってくるなり、

「おっさん、計画は進んどるんかいな？　どないやねん」

棚の本を見ながら勝又はさらに、

「三井はんのこと聞いたやろ？　はよせんと、大変なことになるで。喧嘩は先制攻撃が鉄則や」

「私もじっとしているだけではないよ」

「ほー、そうかい。ほんじゃ収穫聞かせてくれへんか」

二階の居間に通すと、

「盗聴、大丈夫なんか？」

と訊く。業者に頼んで調べさせたし、定期的に点検してもらっている。

「三井はん、大丈夫か？　かなりびびっとるで」

「吉良組が出てきたのには驚いたな」

「暴力団が原発を飯の種にすることくらい、おっさん何十年も前から知ってるやんか」

「昔とは違うさ。原発をしのぎにするのは無理がある」

「じゃあ、なんで吉良組が三井はんを脅してるんや？」

「脅してはいないだろう？　銀座のママに電話したつもりが、吉良組の事務所にかかったというだけだよ。それ以降、三井さんはそのママには接触していないと言っていた。なぜ、吉良組の電話番号をわざわざ教えたのか。彼の友達の横峰の失踪が吉良組に関係しているとママは伝えようとしているのかもしれないし」

勝又は、あくびをしたあと、

「そやかて、官邸に突っ込んだトラックに乗っとった死体は、吉良組に雇われた原発作業員やったんやで。三井はん、びびっとらんで、そのママに体当たりして真相究明せんといかん。おっさんからも発破《はっぱ》かけてくれや」

「そうしよう」

善三は頷いた。

「では、本題に入るけど、いいかな」

善三が言うと、勝又は善三に向き直った。

「相川達也さんが、全面的な協力を決断してくれた。二日後という約束だったが、一日遅れで昨夜連絡があったよ。横峰から買い取ったデータは今朝、代理の人が持ってきてくれた。紙とUSBの両方あったが、紙の方はざっと目を通して、破棄したよ。このUSBは、勝又くんの方で自由に使ってくれるかな」

善三はUSBメモリを勝又に手渡した。

「ワクワクするで」

勝又はバッグからノートPCを取り出し、ポートにUSBを差し込んだ。スクロールしながら読み進める勝又の目に力がみなぎっていくのが分かった。

データは、想像した通りのものだった。笹田町を中心に半径三十キロ圏内の県立病院の電子カルテと、それを分析した図表類。堕胎件数、口唇口蓋裂や小頭症などの奇形が時系列、地域別に表示されている。それは、笹田原発事故以降拡大の一途を辿っている。チェルノブイリ原発事故の例から類推すれば、この急カーブはさらに角度を鋭利にし、幾何級数的に増大していくことは確かだ。

注目すべきことは、「口外厳禁」の印が押されていること。反する行為は、公務員守秘義務違反に問われることが明記されている。私立の病院に対しては、国家資格剝奪の可能性をも匂わせて、躍起の隠蔽工作が透けて見える。内部文書、厚労省ムラだからこそ通用するものの、こういったことが世間の目にさらされれば、どうなるかは推測できる。

霞ヶ関は事実を隠していたと世間は気づき、指示を出したのは官邸だとの結論を導き出す。国家権力の頂点が国民を欺くという事実が白日の下にさらされる。

パニックは起こるだろうか？　国民の怒りは沸騰するだろうか？　マスコミは報道するだろうか？

善三の答えは「否」だ。それを勝又に言うと、

「おっさんの生きてきた世界は狭いのう」

とあざ笑われた。

善三は、それを事実として認め、いびつな常識しか通らない日本とは次元が違う方法論を知って

いる勝又を心強く思うことしきりだった。

「アメリカで発表するで」

珍しく、勝又は小さな声でぼそっと言った。

勝又の意図するところは分かる。

「民主党議員につてがある」

「何が必要になる？」

「金や」

と勝又は宣告するように言ったあと、

「でも心配することないで。金の工面はすでについとる」

と、青みがかった瞳を光らせた。


翌日、善三は相川達也が所有する熱海の別荘に向かった。車で迎えに行くと言われたのだが、善三は相川の親切な申し出を断り、新幹線に乗った。空間移動は思考力を活性化させる。善三の経験則だった。流れゆく景色を車窓からぼんやりと見つめていると、頭の中で絡み合った糸が徐々にほどけていく。

笹田原発事故という人類の存亡に関わる大事故を経験した日本は、いま、さらに道を誤りつつある。これは表面上は分からないことだが、かつて原発を日本に導入する場面にいて、しかも先導役を務めた善三には、いまの流れを軌道修正させる義務があると思っている。手段を問わず、ありとあらゆる手を使ってでも、正常でまっすぐな進路を用意させたい。残り少ない命を投げ出すに値する行動を起こしたいと、善三の意欲は高まるばかりだった。米国軍人の祖父と在日朝鮮人の祖母を持つ勝又慎二の青い瞳を思い出し、善三の決意はさらに強固になっていく。

熱海駅で降り、タクシーに乗った。住所を言うと、運転手はすぐにナビを操作して車を発進させた。五分も経たずに、相川の別荘に着いた。支払いを済ませて車から降りた。

高台にある相川の別荘は、周囲をブロック塀で囲われている。善三はすぐにはドアフォンを押さずに、相川邸の周囲を歩いてみた。裏手に回ると、湘南の海が一望に見渡せた。白波が立ち、帆船が数艘見える。海面は日差しを浴びて、燦《きら》めいている。眺めているうちに、心が落ち着いていく。

そのとき、後ろから声をかけられた。

振り向くと、相川達也が笑顔で立っていた。

「山瀬さんの姿が見えましたので」

相川は別荘の方を見て、屋根の部分を指さした。

「あそこに温泉を引いてましてね。一日に数回湯に浸《つ》かるのですよ」

二階建ての上部にグルニエらしきものが見えた。

「相川さんの思索の場所ですか？」

「その通りです。湯に浸かって海を見つめていると、よいアイデアが浮かんでくることがあります」

「今日は、どのようなことをお考えでした？」

訊くと、相川はすぐに答えた。

「人は皆、仕事を持って必死に生きているんだと」

善三が黙っていると、相川は続けた。

「原発に関わっている人間たちはとてつもなく多い。政治家、ゼネコン、電力会社、下請け会社、作業員、そして原発を持つ町の住民も例外なく恩恵を受けているのです。彼らは、好きで原発立地に賛成しているわけではないのではないですか。危険を承知していて、それでも、その場所で生活する上で原発中心に回る社会からはみ出すわけにはいかない。頼らざるを得ない。危なくても生活のためには仕方がない、と」

「生存権ですね」

善三が言うと、相川は頷き、

「目先のことしか考えられないと非難するのは簡単です。しかし、それは、いま山瀬さんがおっしゃった生存権を否定することにつながります」

善三は再び黙った。相川はしばらく善三の顔を見つめたあと、

「それでも、原発は止めなくてはなりません。なぜなら、地球がなくなるからです。美しい自然と、美しい感情を持った人間が住む世界を消滅させることは許されません」

相川は歩き始めた。

別荘の門をくぐると、鮮やかな芝生の緑が目に入った。石畳を歩いて玄関にたどり着くと、中年の女性が出迎えてくれた。どこかで見たことのある顔だが、思い出せない。

身のこなしもしなやかで、礼儀正しい。声も軽やかだった。

居間に通された。広いガラス窓からは海が見えた。こういった環境も悪くないが、自分には似合わないと善三は思った。古書店二階のかび臭い部屋が自分には最高の居場所だ。

「どうぞごゆっくり」

妙齢の女がティーカップをテーブルに置いて部屋を出て行った。彼女の残り香が鼻先をかすめた。善三はティーカップを口に運んだ。上品な味わいだった。

「満島から連絡がありましてね」

「例のＩＴプロの満島さんですね」

「はい。すでに勝又くんと会い、意気投合したそうです。二人がタッグを組めば、鬼に金棒ですよ。私は、若い人たちが大きな壁を突破しようとするのを見るのが好きなんです。彼らは必ずやってくれます」

善三が黙っていると、相川はさらに続けた。

「例えば笹田原発ですが、あれの廃炉費用は二十兆を超えますし、期間も数十年かかる。これはすでに新聞等で発表されていることですが、もっと重要なことは隠されています」

「どういうものですか？」

「お渡しした奇形と堕胎のデータなどです。さらに、関東平野の汚染度、汚染水による魚介類に対する影響、食物全般に対する危険度。当局は、これらのことを、すでに数値で把握しているはずです。世の中がパニックになるという判断で隠しているのでしょうが、それは違います。理由は二つ。政権維持ができなくなるから、と、各省、特に財務、経産の省益目減りが嫌だから、つまりは利己的な理由に他なりません」

善三が頷いて同意を示すと、相川は、さらに続けた。

「官僚には守秘義務がありますし、マスコミも動けません。なぜなら、特定秘密保護法が成立しているからです。懲役を食らいますからね。電波法違反でテレビ局倒産の可能性も出てきます。慎重にならざるを得ない。国民の健康のことなど二の次です。それは仕方がない。生活のためにという話を先ほどしましたが、いまのマスコミがつまらないことばかり報道しているのもそのためです」

「大きな壁ということですね。それを勝又くんと満島さんが突破してくれる、そういうことですか」

「小さな穴を見つけて、そこをこじ開けてくれるでしょう。だから私は少しでも役に立ちたいがために、あのデータをあなたに提供したわけです」

「アメリカのマスコミに流すと言ってましたが」

「それしかないでしょう。攪乱は大きな戦術です。日本はアメリカの属国ですから、アメリカが動けば日本も動く。手っ取り早いです」

「危険も伴いますね」

「そう。一歩間違えれば、死に至る。私たちのような老人は命など気にしませんが、若い彼らには長く生きてほしいですからね」

「勝又あたりも、そのあたりは気にしませんよ。長いつきあいの中で、分かります」

「そうでしょうね。彼は突破する人間です」

先ほどから具体的な話が出てこないことに苛立ちを感じていた善三だが、考えてみると、こういった話が重要なことなのだと思い知る。

「ところで、横峰くんから面白い話を聞きましたよ」

どんな話なのかと善三が訊いてみると、

「総理官邸に容易に入れるようになったそうですよ」

「どうやってですか？　あそこは機動隊とか特別に組織された部隊が常時待機していますよ」

「でも、例の事件、あのときは単なるトラックが結界を突破して官邸の敷地内に侵入したではないですか」

相川がにやりと笑う。そのとき妙齢の女が部屋に入ってきた。お盆にティーポットを載せている。空になったティーカップに紅茶を満たしてくれた。左手を添えて注ぐときの仕草を見て、昔観た映画の一場面を思い出した。年老いた夫に殺意を抱く若き妻が、微量の毒を混ぜたコーヒーをカップに注ぐ場面だ。そのときの若き妻を演じた女優のなんとも言えぬ色香に目を奪われた。

善三は言った。

「これには毒は入っていませんよね」

真向かいの相川が笑い声を上げた。奥さんも微笑んだ。

「山瀬さん、映画がお好きなようですね」

「まさか、品川桃子さんにここでお会いできるとは思いもしませんでした」

相川の妻は、かつての銀幕女優だった。

5

腑に落ちないことが多すぎる。

三井はスマホをポケットにしまったあと、周囲を見回した。怪しい人影は見えない。善三と会い始めてから、尾行の影が消えた。なぜだ？

社に戻り、喫茶室の一画で缶コーヒーを飲みながら、今日受け取った紙片に書かれたメモに目を走らせ、すぐに細かく破いて丸め、ポケットに入れた。半年に一、二度、渋谷のレンタルショップで受け取るメモだ。

これで最後にする。身辺が危うくなってきた。このまま続けると、気づかれるのは時間の問題だ。最後の情報を伝える。官邸事件は中国とは無縁だ。原発も関係はない。コンテナに死体があったと言われているが、実際に目撃した者はいない。それが何を意味するのか考えろ。

二年ほど前の夏のある日、三井の携帯に非通知の着信があった。最初は無視していたが、一日に数十回かかってくるので、好奇心も手伝って電話に出た。ボイスチェンジャー特有の声で、ネタを提供すると申し出があった。匿名氏は渋谷のレンタルショップのアダルトコーナーの場所を特定したのだった。

いたずらに過ぎないと思いつつも、行ってみると、指定されたところにポチ袋があった。紙片を取り出してみると、さる代議士のスキャンダルのことが書かれてあった。当選回数五回の清廉潔白な代議士の女性スキャンダルだった。笹田原発立地県から出ている代議士だった。つまらないと判断して放っておいたら、三週間後に週刊誌が取り上げ、テレビが飛びつき、しばらくマスコミの格好の餌食となった。情報はスキャンダラスなものが多かったので、三井は無視していたが、電話があれば渋谷のレンタルショップに足を運ぶことはかかさなかった。情報そのものよりも、匿名氏がどんな人物なのかに興味があったからだった。

その後、情報の内容が変わってきた。スキャンダルから原発についてのことに変化した。その情報は、具体性に富んでいた。例えば、原発技術を提供した米企業と日本の会社との確執、原発を特定し、原子炉内のどこどこの場所のパイプが腐食したまま放置されているとか。三井はその頃から、確認作業をし、事実だと判明すると記事にしていった。

匿名氏は、何のために三井に情報を提供し続けたのか。そして、いまなぜ提供を中止しようとするのか。見つかると書いているが、誰に見つかるのか。匿名氏は姿を現さないので、どこの誰だか皆目見当がつかない。三井のことを知っているという確証もない。むしろ、面識のない人間ではないかという気持ちの方が強い。仕事柄名刺を不特定多数の人間に渡しているので、携帯番号を知っていたからと言って、知り合いとは限らない。

呆然としていたのか、声をかけられて三井は心臓が高鳴った。声の方を振り返ると、久須木が立っていた。

「考え事か？」

「頭の中、カオスだ」

「お前の頭がどうなろうと知ったこっちゃないが、面白い話を仕入れたので、教えてやろう」

久須木は椅子に座り、煙草を取り出した。禁煙だぞと言おうとしたが、聞く耳を持つ男ではない。

「このみのママに写真のことを聞いてきてやった」

「おっ、それはありがたい」

「どうも違う写真を渡したみたいだな。横峰とか言ったか？　そいつが伊地知を殴っている写真だと言うと、ママ、慌ててたぞ。返してくれだとさ。あれは別の人間に渡すものらしい」

「誰にだ？」

「そんなこと知るか。本筋と関係ないだろう。知りたいのは、横峰とかいう男がなぜ伊地知を殴ったのか、じゃないか？」

「それと、お前がなぜ写っていたか」

「ああ、それは俺の勘違いだった。確かに俺はあの現場にいたようだ」

「じゃあ合成ではないのか？」

「本物らしい。俺がなぜあの場面を忘れていたか、それは、単に酔っぱらっていたというだけのことだ」

「横峰は暴力とは縁のない男なんだがなあ」

「よほど腹が立ったんだろうな。伊地知という男、しつこいらしいじゃないか。何か嫌なことを言われたか、されたか」

久須木は、煙草を灰皿で押しつぶしたあと、じゃあなと言って席を立った。

第二章　仕掛け

1

喫茶室に設置されたテレビ画面に目をやると、報道番組でアナウンサーが何やら叫んでいる。テロップが流れた。

総理官邸に大型トラック突入

三井はテレビが吊るされている方に近づいた。目を凝らして画面を見つめているとき、ポケットの中で着信音が鳴った。

スマホの画面には社会部長の名前が表示されている。すぐに受話ボタンを押した。

「第二の官邸事件だ。テレビではトラックと言っているが、正確には農業用トラクターだ。運転手はいない。官邸警備の盲点を突いた。深夜の警備が薄くなった時刻だ」

「運転手がいない？　ＡＩを駆使した自動運転車ですか？」

「そうだ」

「実用化されてないでしょう」

「寝言を言うな。自動運転車を開発しているのはグーグルやテスラだけじゃないぞ。すでに日本では開発できていて、あとは認可待ちだ。それを盗んで使ったんじゃねえか」

「そんなの使ったら、即、犯人逮捕でしょう」

「もちろんそうだ」

「今回も犯行声明はなしですか？」

「いや、各マスコミ宛てにＦＡＸが届いた。当然うちにもな」

「内容は？」

「愛国心を持つなら地球に持て。魂を国家に管理させるな」

「それって？」

「ジェームス・マーシャル・ヘンドリックスが言った言葉らしい」

「歌手のジミ・ヘンドリックス？」

「そうだ。暗殺されたという噂もある。とにかく、二回目の官邸事件だ。まだまだ起こる可能性があるということだ、根が深いな。警視庁の責任も問われる。官邸はカンカンに怒るだろうな。とにかく、関連の取材を頼む」

電話が切れた。

チームを組んだ記者二人からは、続々と取材結果が来ている。中国通の記者はいまのところ成果を上げていないが、原発専門の記者は経産省のノンキャリから貴重な話を聞いている。まだ記事にはなっていないが、あと少しで大きな一本ができるはずだ。

三井は二人の記者に、メールを入れ、今回の事件の周辺取材を頼んだあと、総理官邸に向かった。

官邸にはロープが張られ、制服、私服が監視体制を敷いていた。記者証を見せ、人波をかき分けて官邸入り口にたどり着いた。記者会見が迫っている。急いで入館パスを提示して通ろうとすると、記者証の提示も求められた。係員は記者証の写真と三井とを交互に何度も見たあと、ようやく返してくれた。かつてそんなことはなかった。

会見場はすでに報道関係者でいっぱいだった。椅子に座るとすぐに官房長官が姿を現した。薄いブルーのカーテンを背にして立ち、冒頭の挨拶が始まった。

事件が起きたのは深夜一時二十分。警備隊の制止を無視して進み、官邸入り口の塀に突っ込み停止した。制止できなかったのは、自動運転車だったためだった。当然、搭乗者はおらず、運転席等にも手がかりとなる物はなかった。車は農耕用トラクターで、車両ナンバーから保有者は特定できたものの、聞き取りによると、一週間ほど前に盗まれたものだということだった。保有者にはアリバイがあったので、車を盗んだ者の犯行とみられるが、犯人を割り出す手がかりはつかめていない。鋭意、捜査中との説明だった。

質問は、主に前回の事件との関係についてのものが多かった。同一犯人なのか、同一犯だとしたら、どんな犯人像を描いているのか、警視庁の捜査の進捗状況、遺留品、指紋の有無など。そして警備のずさんさについての問いかけもあった。犯行声明については、「いま分析しているところです」と答えるにとどまった。

官房長官は、「現在捜査中」という言葉を何度も使い、具体的なものや、犯行に対する見解もなく、単に「遺憾に思う」という言葉を連呼した。警視庁関連部署の責任問題を取り上げた記者もいたが、それについては、「特殊な事件であるため、責任問題には発展しない、問題はない」との発言に終始した。

官邸を出たところで、前方に見覚えのある男がいることに気づいた。

伊地知だった。

面識はないが、写真のこともあり、横峰との関係を含めて話を引き出すのにちょうど良い機会だと思った。

声をかけようとしたとき、横から男が伊地知に近づき、並んで歩き始めた。男に見覚えはなく、とにかく背の高い男だった。と言っても、伊地知の身長が低いので実際以上に高く見えるのかもしれない。

二人は談笑することもなく、虎ノ門方面に歩いて行く。三井は声をかけることをやめ、見失わない程度に距離をとって、二人を追った。

幸いなことに、伊地知は三井の顔を知らない。

二人は、外堀通りに出て駅方向にしばらく歩いたところにあるカフェのドアを押した。仕草からすると、たまたま見つけた店に入ったというよりも、そこに行くと決めていたように見えた。三井は少し時間を置いて、カフェに入った。店内は混んでいたが、すぐに二人の姿を見つけることができた。テーブルをひとつ挟んだところに座り、スマホをいじりながらカプチーノを飲む。耳をそばだてて、二人の会話を聞こうとしたが、小声で話しているので、単語がいくつか聞こえるだけだ。近くに空いている席はない。仕方がない。ときおり耳に入る単語を聞きながら、二人を観察することに専念した。

二人の上下関係はぼんやりと見えてきた。上下で言うならば、伊地知が上のようだ。伊地知が話し、男が頷くというパターンが多いのだ。年齢はほぼ変わらないようだ。いずれも三十代後半の同年代に見える。伊地知が前屈み、男は背筋を伸ばしている。

男は目鼻立ちが整っているのだが、茫洋とした印象を受ける。集団に混じれば誰も気づかないのではないだろうか。なぜだ？　と自分が感じたことを疑問に思ったが、答えは見つからない。

伊地知の方は、逆に存在感が表に出ており、いわゆる濃い顔立ちのせいかもしれない。その伊地知は男に対して命令口調だ。

――待て。時期尚早だ。考えるな。動け。現実を見ろ。金の心配はするな。他言無用。

入店して十五分が過ぎた。二人が腰を上げる気配はまだない。

三井のスマホが震えた。チームの一員の名前が表示されている。三井は受話ボタンを押さずに、こちらからメールを入れた。取り込み中なので、用件をメールしてくれ、と。

すぐに返信があった。

「経産省で異例な人事異動あり。局長級一人が降格、すぐに辞職。長期休暇のキャリア一人。二人とも原発行政の中心人物としての実績が買われていた。いまのところ、二人が健在であることは確認済みです」

「ありがとう。二人から話を聞いてくれ。答えないだろうが」

送信ボタンを押したとき、伊地知と連れが立ち上がった。

ドアの方に歩いて行く。三井も腰を上げた。

伊地知は、男に軽く手を上げて挨拶したあと、地下鉄の入り口を降りていく。男は新橋方向に歩き始めた。

三井は迷ったが、男を追うことにした。伊地知については、知り合いに聞けばある程度のことは分かる。しかし、男はいまを逃せば手がかりを失ってしまう。

新橋駅が見えてきた。男は前をまっすぐ向いて歩いて行く。身体が細いので、針金が歩いているようだ。しかも早足なので、まるでバネ仕掛けの針金玩具だ。

SL広場で一旦立ち止まり、SLを見つめていたが、すぐに歩き始め、日比谷口改札を通った。

見失いそうになった。人混みをかき分けて急ぐ。人とぶつかり、チッと舌打ちが聞こえた。無視して前方をうかがうと、男はポケットからスマホを出して耳に当てている。ホームに上がってからも、まだスマホは男の耳にあり、眉間に皺を寄せているのが見えた。

男は神田駅で降り、改札を出て飲食店がひしめく路地を歩いて行く。そして古びたビルの中に入っていった。入り口に「明神《みょうじん》ビル」と書かれてある。三井が中に入ると、男の姿は消えていた。警備員もいない小さなビルだ。案内ボードを見ると、一階から五階まで、各フロアに三つほどの会社が入っている。いずれの社名も聞いたことはなかった。

男が所属する、あるいは関係している会社は三つに絞られる。

京浜新聞

MISHIMA車両サービス

無双探偵社

伊地知と今回の官邸事件から着想した。それ以外は無関係とみる。大手塾の事務所、薬品会社の営業所、大手倉庫会社の支社、飲食チェーン事務所……伊地知との接点はないとみるのが妥当だ。

三井はスマホを取り出し、案内ボードをカメラに収めてビルを出た。

駅に向かう。着信音が鳴ったので画面を見ると、社会部長からだった。

「官邸事件の首謀者が判明した」

「誰です」

「下田伸一。上下の下、田んぼの田、伸びるの伸、数字の一。六十九歳、過激派だ。成田闘争で逮捕歴あり。所属していたセクトの事務所がいまガサ入れされている」

「所属していた？」

「そう、過去形だ。そいつは自殺した。鵠沼《くげぬま》海岸に死体で上がった。もう人間の体をなしていないそうだ」

「犯人だという根拠は？」

「遺書があった。犯行について具体的に書かれてある。お前、どこでさぼってんだ？　捜査一課の記者会見中だし、テレビでも流れているだろうが」

「公安の予算ぶんどり材料じゃないっすか？」

「ばかも休み休みいえ、いまや過激派なんてのに予算は割かれない時代だ。そのくらい知ってるだろう」

電話は切れた。

腑に落ちないことが、またひとつ増えた。

2

善三は久しぶりに高円寺ガード下に出向いた。いま「ガード下」は海外からの旅行者に人気らしい。特に有楽町が有名だ。外国人向け旅行者ガイドにも紹介されているという。猥雑さ、狭い路地、激安、ふれあい。つまり、客同士の距離が近く、誰とでも友達になれて、日本を知ることができるというのが表向きの理由。安い、楽しい、友達ができる、というのが本当の理由だろう。善三が曽根電に勤めていたころ、こういったところに出入りしたことはない。いつも高級クラブだった。ところがいまは違う。

赤ホッピーというのを教えてくれたのは、その店の店長だった。一人でふらりと入ったとき、いろいろと説明してくれた。赤ホッピーは、ここにしかないと店長は豪語した。善三は、アルコールの種類を選ばない。勧められるままに、その飲み物を口にした。つまみは焼き鳥。勘定のとき、あまりの安さに、一桁間違ってないかと確認したぐらいだった。

前には大柄の勝又慎二が座っている。

「あのダーツの店は閉店したね」

「新金東で持っていた店やったから、仕方ないで」

「私も、あれ以来ダーツとはご無沙汰だな」

「おっさんには、おっさんなりの遊びがあるやろ」

「ないよ」

と答えると、勝又はにやりと笑って、

「いまやってること、遊びとちゃうか？」

「命がけで遊ぶのも悪くないと思ってね。この歳になると、命は惜しくない」

「わしも、ぜんぜん恐いもんないで」

そのあとは、二人とも小声で話し続けた。ガード下特有の客でごった返す空間は、逆に周囲の会話に無関心でいられる。

勝又と満島誠のタッグは機能しているようだ。相川達也から譲り受けたデータを整理して告発広告をつくったという。それをアメリカとイギリスの主要新聞に全面広告として流す。日本のメディアは無視を決め込む。というかそうせざるを得ない。一方、政府は出稿した人間を探す。当然のことだ。特定秘密保護法をはじめとする悪法をわざわざつくってきたのだから。

「勝又くん、特定秘密保護法というのを知っているかい？」

「そのくらい知らんでどうする」

「では、がん登録法は」

「なんじゃい、それは？」

「特定秘密保護法と同じ時期に成立した法律でね。がん情報はすべて登録されるという法律なんだよ」

「それがどうした？　おっさん、ぼけたんか？」

「いやいや、ぼけてはいない」善三は笑ったあと続けた。

「がん情報は、氏名年齢性別その他が登録されて、都道府県別に管理されるそうだよ。で、問題となるのは、これらの情報を知ろうとすることは違法となる点だ。たとえ、数値情報でもね。そして、その情報を流した側も『知り得た情報の漏えい』として二年以下の懲役または百万円以下の罰金となる、そんな法律がいつの間にかできているんだよ」

「敵もやってくれるやないけ」

「それはそうさ、法律はいまや国民の安寧のためではなく、権力者保護のためにつくられていると言っても過言ではないのさ」

「おっさん、心配せんでもええで」

「勝又くんのことだ、心配はしていないよ」

「出稿はネット経由。IPアドレス分からんようにするし、二重三重のバリアを張る。わしと満島のあんちゃんにかかれば、そんなの朝飯前なんやで。心配なのは、データを売った横峰というやつのことやけど、相川さんがどないかしてくれるんとちゃうか。そのデータを出した役所とか医療機関のことは、わしの知ったことやない。捕まって懲役でも罰金でもやられてくれや。まあ、マッポはそこからわしらにたどり着こうとするやろうけど、それは無理っちゅうもんや」

赤ホッピーのおかわりを頼んだ。はちまきの店長がすぐにもってきてくれた。

善三の心配は杞憂のようだ。目の前の勝又の身体がさらに大きく見えた。

「ところで、三井はんはどないしとるねん？」

「最近、連絡がない」

「三井はんは、官邸の事件を追っとるんやね。あの事件、最初は原発絡みやし、どでかいことをしとるなと思うとったけど、けっきょくは、わしらには関係ないことやったんやな」

「そうだね。犯人が特定されたから、三井さんのチームも解散だろうな」

「それにしても、いまどきまだ過激派なんておったんか」

「もちろん健在さ。以前と比べれば規模的にも小さくなったけど、活動はしているさ。彼らも必死なんだよ」

「せやかて、あの犯行声明、笑うたで」

「愛国心を持つなら地球に持て。魂を国家に管理させるな」

「そや。言いたいことは分かるで。せやかて、犯行声明になっとらへんやんか」

「確かにそうだね。でも私はこの声明に共感したよ」

と言うと、勝又は口を大きく開いて笑った。

「おっさん、頭、大丈夫か」

勝又は、官邸事件が原発問題とは無関係と見ているようだが、善三には、そこまで断言する自信はない。むしろ大いに関係しているのではないかと思っている。単なる過激派の自己顕示ではない。そもそも、過激派による犯行という警察発表そのものが疑わしい。自殺したとされる容疑者についても、本当かどうか怪しいものだ。死人に口なし。当局は自らに都合のいい結論を急ぎたがる。

善三は声を落として勝又に訊いた。

「あちらの議員への働きかけは進んでいるの？」

勝又は、周囲をチラリと見たあと、やはり小声で、

「キャサリン・オコンネル、と言ってもテレビドラマとちゃうで、ちゃんとした民主党の議員や。わしのビルの一室をキャシーに貸してるんや。選挙のときも面倒見てやってるし、ウィンウィンやから、大義と実益を納得すればＯＫや。いまの大統領、いつまでもつか分からんやろ。次は、民主党や。そのとき、キャシーは国務長官と噂されとる」

善三は不思議でならなかった。一介の日本人がどうして米議員を取り込むことができるのか。

「大義はちゃんと伝えたのかい？」

「もちろん伝えてるで。せやけど、わしが思う大義と、おっさんのとは違うかもしれへんな」

「勝又くんのは？」

「いまは言いたくないいな」

珍しく、勝又は関西弁を消し、真剣な表情で言った。

大風呂敷を広げる癖はあるが、基本的に正直な男だ。米政界の重鎮と懇意にしていることに嘘はないと善三は思った。

そのあとは雑談に入り、相川達也の別荘に行ったこと、そこにいた女性が映画女優だったので驚いたことを話すと、勝又が名前を知りたがったが、善三はど忘れしていて思いだせない。

「『瑠璃色慕情』という映画が昔あってね、その主演女優だというのだけは知っている」

「せやったら調べればいいやんか、おっさん、あほくさいな」

と元の関西弁に戻り、スマホをいじり始めた。

「芸名は品川桃子」

あ、そうだった。映画界をリードする有名女優だったのに、善三は名前を忘れていた。それだけ過去の人ということでもある。映画の世界も、相川達也が生きてきた世界と密接な関係があるのだから、二人が結ばれていても不思議はない。

善三は品川桃子のいまだ衰えぬ美貌を思い出しながら、手元のホッピーのグラスを手に持った。勝又が黙っているのに気がついたのは、グラスを何度か傾けたあとだった。見ると、勝又はスマホの画面を凝視している。

「それはそれはきれいな女優さんだったんだよ。昔の写真でも出ているのかね？」

と声をかけると、ようやく勝又はスマホから目を離し、善三の方を見た。

「家系がいいみたいやで。皇族にまではつながりはあらへんが、政治家、警察官僚、裁判所、財界のお偉いさんたちにつながっとるで」

「そうなのか……」

「おっさん、この女の本名知っとるんか？」

「いや」

「吉高《きったか》桃子ちゅうんやそうや。父親が吉高真一郎。国菱《こくりょう》重工業の社長やったんやて。じいさんは吉高国士《くにお》。おもろいな、国士と書いて、くにおと呼ぶんやと」

「ちょっと待ってくれよ。吉高国士の経歴は書いてあるかい？」

「旧内務省官僚、内務省解体後、公職追放となったが、一九五二年に発足した公安調査庁に返り咲いた、やて。公安やそうやで、やばいんとちゃうか」

善三が品川桃子を見たときに感じた違和感はそれだったのかもしれない。

勝又が言うように、まずいところに入り込んだ予感がする。

吉高という苗字で思い出す人間がもう一人いることに気づいて、予感は不安に変わっていく。

「勝又くん、吉高良太郎という名前は見当たらないかい？」

「ん？　良太郎か？　おるで。桃子の叔父となっとるな」

吉高良太郎というのは、笹田町原発誘致を巡る町側と反対派の訴訟のときの判事だった。地裁、高裁で合憲判決、最高裁では訴えは棄却され、笹田町原発訴訟は合憲との判断が出た。きわどい判断だった。そして合憲判決を強行にリードしたのが吉高良太郎という判事だった。

「検事から最高裁判事やて。その良太郎は、おっさんとはどういう関係なんや？」

原発訴訟のことを勝又に話して聞かせた。

聞き終わった勝又は、

「そのときのおっさんの立場から言うと、良太郎はんは神様みたいやったちゅうわけやな。でも、いまは違う。しかも、相川はんのことを考えると、かなりおかしな話になるちゃうことや」

「まさにそこだよ。ごりごりの原発推進派の親類が、反対の旗を掲げている相川さんの同居人ということだからね。親戚と言えども他人だから、違う思想信条を持つことは珍しくはないが、普通は感化されていくものだしね。その点はしっかりと確認とっておかないといけない」

「相川は罠を仕掛けてるんとちゃうか」

「いや、それはないだろう」

と否定してみたものの、小さな疑念が生じたのも確かだった。

しかし、その疑念は、すぐに解けた。

勝又と別れて自宅に戻った善三は、相川に電話を入れた。残された時間が少ない善三に、疑念を長く内に貯めておく余裕はない。

数人しか番号を教えられていないという携帯番号をプッシュした。受発信履歴はその都度消している。相川はすぐに出た。勝又と会い、進捗状況を聞いたと、挨拶代わりにキャサリン・オコンネルのことなどを話した。

「それは大きな戦力になりますな」

と相川は言った。素っ気なさから、すでにその話は相川は知っているのだなと気づいた。

「米英の有力新聞に全面広告を出すそうですな。そのタイミングを見ながら、私の方は国内でいろいろ仕掛けたものを徐々に動かしてみようと思っています」

善三は、その「仕掛けたもの」を具体的に聞いている。

「いよいよですね」

「そうです。山瀬さんと同じように、私はこの歳になって、こんな楽しいことに関われるというのは夢みたいなんですよ。最近若返ったわと、桃子にも言われています。愛人関係になって長いですが、そんなふうに言われたのは初めてのことなので、照れくさいですな。桃子は父親を笹田原発事故で亡くしているので、今回の件には諸手《もろて》を挙げて応援してくれるんです」

善三は何か聞き違えたかと思い、

「お父様が原発事故で亡くなられたのですか」

と訊いた。

「桃子の父親は財界で活躍した人でしたが、なかなかの趣味人で、早く引退して好きな絵を描きたいといつも言ってました。国菱重工業の会長のあと、経済団体の会長を二年務めて、田舎に引っ込んだのです。自分の会社がつくった原子炉のある町が気に入っていましてね。そこに土地を買って、家を建て、悠々自適の生活を送っていた矢先に、あの事故に遭遇したというわけです」

「そうでしたか。逃げ遅れたのですか？」

「はっきりしたことは分からないのですよ。まだ遺体は上がっていませんから」

善三は、笹田町を襲った津波の映像を何度見たことか。家が崩壊し、車が流され、数多くの人間が波間に消えていった。おぞましい光景を見るたびに、善三の心は鬼と化していったのだ。その犠牲者の中に、相川の同居人である品川桃子の父親がいたとは！

3

官邸事件の捜査本部は解散したが、警視庁には数多くの苦情と新たな情報が寄せられ、対応に追われているという話を聞いた。三井はそれらの話を具体的に知りたいと思ったが、断片的情報しかつかめず、全体像は見えてこなかった。どんな事件でもその種の動きはあるのだが、それが度を超えているという。問題となるのは、やはり「死人に口なし」で終わらせようという警視庁の矛先の収め方に対する非難だった。三井の考えていたことと一致している。

三井のチームは社会部長に許可を取って、存続したまま取材を続けた。ただし期限は二週間と切られた。

中国通の記者を公安に貼り付かせた。厚労省と経産省のノンキャリからの情報収集をしている記者はそのまま継続して取材を続行させる。そのノンキャリ担当記者の取材は、キャリアの一人が行方不明になっていること、上層部から箝口令《かんこうれい》が敷かれていることをつかんできた。このキャリアは三雲卓《みくもすぐる》という男で、官邸事件の二週間前から省を休んでいるという。ノンキャリが言うには、うつ病を発症して自宅療養しており、診断書もあると聞かされているとのことだった。記者は三雲が住む中目黒のマンションに取材をかけた折、一度奥さんが顔を出したが、大日の名刺を出したとたん、ドアを閉め、取材を拒否したそうだ。次に生家にも押しかけてみると、年老いた両親は何も知らされていないらしく、息子自慢に終始したという。出身高校の同級生に当たったが、「最近は同窓会にも出てこない。自信満々の男だから、以前はしゃしゃり出てきていたんだけどね」と、そんなニュアンスの返答が大半を占めた。大学同期の反応は若干違っていた。「背伸びしているからなあ、あいつは。疲れ果てたんじゃないか、あのレベルの能力の人間は霞ヶ関にはごまんといるのだし」。そんな反応だった。

つまりは、三雲卓というキャリア官僚は消えているのです、と記者は結論づけた。

三雲卓が、官邸を襲ったトレーラーのコンテナの中にいた死体の一人と断定はできないが、可能性はある。ただ、コンテナ内に死体があったのが事実ということが前提ではあるが。

渋谷のレンタルショップで情報をくれる匿名氏は書いていた。「コンテナに死体があったと言われているが、実際に目撃した者はいない。それが何を意味するのか考えろ」と。

そのメモ書きを読んだあと、三井は警視庁の旧知の刑事に確認したのだが、「何を馬鹿なことを言ってるの、あんた」と一笑に付された。嘘をついているのではなく、知らされていないのだ。官邸警備隊の一人に取材したが、あいまいな答えしか返ってこなかった。例えば、

「爆発物が積まれている可能性があるので、コンテナは開かれずに牽引車で警視庁に運ばれたんだよ。そこで、十二人の死体が見つかったというわけだ」

「警視庁でコンテナを開いたとき、あなたはそこにいましたか?」

「わしは警備隊やから、そこにいない。管轄が違うし」

「記者会見は、捜査一課長がやりましたね」

「そやね。十二人の死体やから」

捜査一課の知り合いに問い詰めてみると、

「何が言いたい？」

と怒りの表情だった。

「本当は死体なんかなかったという話があります」

「そういうのをガセネタと言うんと違うか？　あんたもヤキが回ったな」

「原発作業員を調達している吉良組に聞きましたよ。あれは警察の嘘やと言ってました」

「わしたちよりも暴力団を信用するんか？」

「はい」

と答えると、一課員はあきれた顔をしたあと、小声で、

「上層部の数人、一課長と警察庁の上層部数人で確認したようだ」

と教えてくれた。匿名氏の言葉がまんざら嘘ではないと思えるようになった。

社会部長にそのことを報告すると、

「触れるな」

と一喝された。

「たとえ、それが真実としても、紙面に反映させたとたん、官邸から圧力がかかる。下手すると違

法性を問われる」

「特定秘密保護法にひっかかります？」

「そうだ」

社会部長と入れ替わりに、外信部のデスクがにやにや笑いながら寄ってきた。

「どうした？　うかない顔して」

社会部長との会話を伝えると、外信部デスクは全く興味がないという顔をしたあと、

「これ見てみい。お前の古巣だろ」

と英字新聞を三井の机に放り投げた。

シカゴ・アヴェニュー・ジャーナルだった。開かれたところに「Japan」の文字が大きく躍っていた。

三井は目を通していった。笹田原発事故の影響で堕胎、奇形が急増しているとして、その事例が具体的な数字とグラフ、そして写真で構成されている。事実を事実として淡々と書かれたその「告発広告」には、三井が知らないことが数多く散見される。横峰が持っていたデータに違いなかった。

広告紙面の中央には、**「日本はデスゾーンに入った」**と書かれてあった。

「英国の新聞にも同じのが載っているらしい」

黙っていると、

「これはまずいだろう。海外媒体と言えども日本の法律は適用される」

「広告主は書いてないな」

「そんなのすぐに判明する。公務員規定にも特定秘密保護法にも抵触することが分かってないやつなんだろうな。どうして、こんな馬鹿げたことをしたんだろう」

「確かにな」

と同意してみせると、外信部デスクはまた興味のない表情に戻って、三井の元を離れていった。

翌日の朝刊に、そのことを書いた新聞は皆無だった。

公安に貼り付いた中国通の記者から連絡が入った。電話の向こうで興奮しているのが分かった。

「下田伸一が所属していた過激派の『村島派』のアジトからは、官邸事件に関するものは一切出てこなかったそうです。それに、そのセクト、名前はあるけれど、すでに消滅しているようなものだということで、アジトとなっている豊島区のアパートも契約解除の手続きがとられているということでした。下田伸一という男のアパートもガサ入れしてますが、この男、末期癌だったということですよ。主治医にも聞きましたが、あれほどの事件を起こす体力はないはずだがということです」

「死に瀕すると、常識では考えられないエネルギーが出ることもあるぜ」

と言ってみたが、

「すでにモルヒネも効かず、全身を激痛が走っている身体ですよ。脳にも転移していて、普通の思考はできないはずだと、医者の見解です」

三井が考えていたことが証明されたことになる。

警察は、この事件を早期に解決させる必要があった……どんな事件でもそうだが、あからさまなでっち上げをやってしまったのは何故か？　こんなにずさんだったら、すぐにばれてしまうのも分かっているはずだ。それでも、犯人を特定して、事件を収拾させたかった……

翌日朝刊に中国通記者が書いた記事が載った。すると、早朝に社会部長から電話がかかってきた。寝ぼけ眼で受話ボタンを押すと、

「まずいことになった」

と言う。

部長の話によると、官邸からクレームがついたと言うのだ。

「具体的な名前は出していないし、単に匂わせただけの記事ですよ。こちらとしてはジャブを放って、相手の出方を見る狙いがありはしましたけど」

「政治部長が呼ばれたらしくてな。官邸はかなりの剣幕だったらしい。今回は不問に付すが、これから慎重に頼むとな」

「それは田所さんの言葉ですか？」

田所というのは政治部長である。

「官房長官のお言葉らしい」

「どの部分に激怒したんでしょうね？」

「世論操作と読んだみたいだな。警察の発表に楯突くなということだ。最近とみに多くなったな。

新聞社としての独立性の問題という重要な部分に関わるのだから、上層部はもう少ししっかりしてもらわないと困る」

部長は言い放ったまま、電話を切った。

官邸がヒントをくれた形になった。記事を書いた記者に、いまの話をメールで伝え、さらに付け加えた。

「方向は間違っていない。遠慮することないから、いまの線でがんがん攻めてくれ」

その日の夕方、部長に誘われて社の近くの居酒屋に入った。ビールの大瓶を一本飲み終えて、日本酒を頼んだとき、何気なく壁にかかったテレビを見ると、能面のようなアナウンサーが映っていた。なにやらしゃべっているが、聞こえない。テロップが流れた。
日本国債、大量の売り
経済評論家がキャスターの質問に答えている。テロップが流れる。
一時的な現象で、問題ない
デフォルトなどというのは、日本のような格付け優良の国では起こりえない
テレビを眺めているので不審に思ったのか、部長が後ろを振り返る。
「国債の大量売りか。ヘッジファンドがいたずらしとるな」
「日本を揺さぶって、楽しんでるんでしょうかね」

「そういうことだな」

と、部長は経済評論家と同じように大したことはないとばかりに、また向き直り、残ったビールを飲み干した。三井は徳利を持って、部長の猪口に酒を注ぐ。

「ここだけの話だけどな」と部長が言う。「官邸事件が起きたあと、官邸が何者かに揺さぶられているという噂があるんだが、お前、聞いたことないか」

「初耳ですね。揺さぶるって何です？　ヘッジファンドみたいに具体的に圧力かけられてるんですか？」

「釈迦に説法だろうが、いまの総理官邸は二〇〇二年から使用されていて、構造や警備の面で旧官邸より優れてはいるが、それでも万全とは言えない。旧官邸には二・二六事件の際の銃弾の痕が壁に残っていただろう。六〇年安保の際には、デモ隊が官邸を包囲したので、身の危険を感じた首相が地下トンネルで脱出したと言われている。いまは屋上にヘリポートもあるが、ヘリなんて落ちるのが当たり前だから、安全とは言えない……」

「何が言いたいんです？」

「単なる噂だと思って聞けよ」

「珍しいですね。部長がそんな慎重な物言いするのは」

「実はな。脅迫状が来ているらしいんだ」

「そんなの日常茶飯事でしょう。すべてがでたらめなものと相場は決まってますよ。それとも、具体的な話があるんですか」

「政治部の記者が言ってたことがひとつ」

「それは何です？」

「一昨日の閣議後、大臣たちの態度が明らかに違ったと言うんだ」

「問題山積みだからじゃないですか」

「まだあるんだ。官邸に出入りする業者が徹底的に調べられているらしい」

「さっきの部長の話みたいに、銃弾でもぶち込まれたんですか？」

「もっと真面目に考えろよ」

酔ってきたのかもしれない。部長は目つきを鋭くして、

「出入りの業者は厳選されているはずなのに、取引先や社員、パートの血縁まで調べるとは異常じゃないか」

「官邸に危ないヤツが紛れ込んだんですかね」

「危ないヤツか、あるいはモノだな」

「官邸事件で使ったダイナマイトとかですか？　あり得ないでしょう。そんなのすぐに発見されるんですから、閣僚がびくびくする必要はないでしょう」

「爆発物とは限らない」

「じゃ、何です？　工事関係者が修理作業の際に、秘密のトンネルでも掘りましたか？」

「真面目になれと、さっきから言ってるぞ」

「すみません」

「いや、俺の思い過ごしかもしれんな」

社会部長は日本酒をコップに注いで半分ほど飲んだ。

三井は、ちょうどいい機会だと思った。部長と二人で飲むことはあまりない。いま自分が不審に思っていることを部長に伝えておきたいと思った。

「部長、銀座のクラブに行きません？」

「何丁目だ？」

「五丁目、並木通りです」

「高そうだな」

「はい」

部長は、よしと言って立ち上がった。三井の意図を察してくれたのだろう。


ドアを開けると、黒服が出てきたので名刺を渡した。

「カウンターは空いてる？」

訊くと、黒服はすぐに案内してくれた。ママの後ろ姿が見えた。外国人客を相手にしている。

部長にはタクシーの中で、概略を話しておいた。伊地知については名前も知らなかった。伊地知が会っていた男についても話して聞かせた。男が入っていったビルにあった社名三つを言ったが、どれも知らないと答えた。三井はあのあと、その三つの会社について調べ、業界通に訊いてみたりもしたが、なんらの手がかりも見いだせなかった。

部長がバランタインの四十年ものを頼んだので、三井も同じものにした。グラスを合わせて口に運んだとき、目の端に見たことのある人物が映った。伊地知と一緒にいた男だった。

部長に耳打ちした。

部長がさりげなく身体を回し、二人の方を見る。

「あいつなら知ってる」部長が言った。「お前が撮った写真、見せてくれ」

三井はポケットからスマホを取り出し、神田のビルの案内ボードが写った画面を見せた。

部長はスマホの写真を指で拡大したあと、すぐに、

「これだ」

と指さした。

敬和《けいわ》薬品工業株式会社東京支社

「この会社の常務だ。規模は小さいがアルツハイマー治療薬の開発でアメリカ企業とタイアップして成果をあげている。あの常務、線は細いが、やり手だ」

「名前は？」

「ど忘れした。敬和の常務、アルツの権威、としか覚えていない」

薬品会社と聞いて、あることを思い出した。伊地知は、宝山大学理学部応用化学科の卒業だ。薬品と化学。無関係ではない。

4

「それはできません」

睦美がきっぱりと言った。睦美にしては珍しい強い拒否の言葉に、善三は驚いた。

「どうしてだね？」

善三の横に座っている相川達也が質問する。口元に笑みを浮かべている。それは決して睦美の発言を揶揄するものではなく、孫を見るときのものに似ていた。

ことの成り行きはこうだった。

相川達也から昨日の朝、連絡があり、睦美さんに会いたいと言ってきたのだ。理由は聞かずに、善三は、すぐに睦美に電話を入れた。相川と睦美は二か月ほど前に会っている。善三と相川が初めて会った日でもある。そのときは勝又慎二と大日新聞の三井も一緒だった。

睦美は善三の申し出に即答した。会います、と。

都合のいい日程を訊くと、

「明日の午前午後、大丈夫です。夕方からは、デモに参加します」

「では、明日金曜日の午後一時ということで相川さんに伝えます。相川さんの赤坂の事務所で会うつもりだが。赤坂見附から歩いても五分とかからない」

そうやって、相川と睦美の面会が成立したのだった。

そのようにして始まったのだが、世間話と睦美の近況を聞いたあと、相川は、

「デモ隊のリーダーに、火炎瓶闘争をやろうと進言してくれませんか」

と丁寧な口調で言った。そこで睦美は即座に、「それはできません」と断ったのだった。

相川が拒否の理由を訊くと、

「逆効果だからです。いまの若い人たちはそういったことに拒否反応を示します。たまにいます。もっと過激に！　と叫ぶ人たちが。ほとんど六十代以上の元活動家です。誰も相手にしません。幻影を追い求めてると、仲間たちは陰口を言ってます。そんな空気が現実ですから、火炎瓶なんて提案できません」

はっきりとした物言いに、相川は苦笑することもなく、腕組みして考え込んだ。

「では、あなたはいまのようにゆるやかなデモをしていれば、いつかは権力者も分かってくれると思っているのだね」

「そうは言ってません」

睦美が怒りの表情をつくり、続けた。

「それしかできないのです。一般市民を覚醒させるには、穏やかな路線でやるしかないのです。私

たちが出した結論です」

「あなたが所属しているのは、何という団体なの？」

「全国市民連合です。いわゆる市民連合とは違う団体です」

「誰がつくったの？　バックについている政党は？」

「政党色はありません。そこが市民連合と違うところです。私たちは既存政治に飽き飽きしているんです」

「リーダーは、確か小野誠一という新進の社会学者だね？」

「はい。でも、最初は自然発生的にできた団体でした。小野先生がその動きに興味を持たれてデモに参加されたのですが、そのうち、カリスマ的な存在になって、自然とリーダーに推されました」

「資金はどうしているの？」

「そんなの必要ないです。みんな手弁当です」

「そんなので、権力と戦えるのかな？」

「お言葉ですが、戦うということ自体、私たちの行動ルールにはありません。あるとしたら、覚醒です」

「で、効果は上がってますか？」

「そのためにがんばっています」

善三は相川の真意を図りかねた。睦美を怒らせて何をしようとしているのか。狙いは小野とかいう学者なのだろうか。資金提供して、睦美の団体を巨大化させるつもりなのか。

「今日のデモは何時から？」

と相川が訊くと、

「五時からです。毎週同じ曜日、同じ時間、同じ場所からスタートです」

と睦美は答えた。

「わしも参加できるのかな？」

「もちろんです。むしろ大歓迎です」

睦美が腕時計に目をやった。

「もう行かなくちゃ。一緒に行きましょう」

相川は睦美に促されて立ち上がった。


翌朝、相川から電話があった。

「小野くんの協力を得ることができましたよ」

「それはよかった」

昨夜のデモのあと、相川は善三を置き去りにして姿を消した。小野に声をかけて協力を仰いだのだろう。

「何を頼んだのです？」

「睦美さんに言ったのと同じことです」

「まさか火炎瓶？」

「そうですよ」

「よく同意しましたね」

「意気投合しましたよ。彼は若いのに、世界をよく知っている。私のことも知っていました。それも深いところまで。まあ、なんですな、いまの日本人は、二種類に分けられますな。善か悪かに」

ずいぶん短絡的な分類だとは思ったが、いま逼迫《ひっぱく》している事態を考えると、その分類は的外れではない。そして潜在的に善の日本人がいるということが、重要なポイントとなる。しかし、果たして、相川がやろうとしていることは、善の人間を悪に変える危険性はないか。

小野に関して言えば、新進気鋭の学者といえども、行動力や戦術・戦略の計画と実績には大きな疑問符がつく。それに、懸念材料になりかねない危うさもある。

相川は、小野の説得に成功したことで、幾分興奮気味だ。

「善三さん」

「何ですか？」

「小野くんは、象牙の塔に安住する人間じゃないですよ。これはね、私が八方手を尽くして調べた上での結論なんです。善三さんが不安に思うことが多々あるでしょうが、それは杞憂になります」

「いえ、私は相川さんを信じてますよ」

「小野という男、あれは学者というよりアジテーターですよ。彼がデモのリーダーになってから、参加者が十倍アップしました。身長一メートル八十七、体重八十五キロ、空手三段、宝山大学ではラグビー部のキャプテンで、大学選手権でも活躍しました。ナンバーエイトというポジションをご存じですか」

「攻守の要であるフランカーの、その中でも最も体力、持続力、頭脳を必要とするポジションですね」

「その通りです。それだけではない。彼は火炎瓶を作れる知識と技術と人脈を持っています」

「火炎瓶は、簡単ですよ」

「ははは」

と相川は笑った。

「どうも私は興奮しているようです」

「いえいえ、相川さんを興奮させるほど魅力的な人間なのでしょう。大いに期待しています」

「善三さんの期待に応える自信はありますよ」

「ところで、火炎瓶を使う目的を教えていただけませんか」

と訊くと、相川はその質問には答えずに、

「いえ、火炎瓶よりももう少し破壊力のあるもので勝負したいと思っています」

と言った。

相川との電話を終えたあと、すぐに着信音が鳴った。睦美からだった。

いま相川さんと話していたんだと言うと、睦美は、

「小野さんから聞きました。デモを一気に拡大するそうです。ＳＮＳでデモを呼びかけると言うんです。一般市民の参加を促す方法です」

「それほどの効果が見込めるとは思えないが」

「はい。しかし小野さんが言うには、マスコミの尻込みは目に見えているので、ＳＮＳしかない。効果を幾何級数的に上げていくのはＳＮＳしかないと言うわけです」

「私はそのあたりはよく知らないのだが」

相川が善三に具体的な話をしなかったのは、そのためだと思った。

睦美が続ける。

「ＳＮＳが瞬発力を持っていることは事実です。例えば総理大臣が投稿したり、つぶやいたりすると、膨大な量の反応があります。ツイッターで言えば、リツイートの数です。しかし、それほどの反応があるのは限定されます。一般市民の普通の人がつぶやいても、効果は見込めません」

「その程度は分かるよ」

「相川さんの提案は、各界のオピニオンリーダーを集めてくれということだったようです。ただし、政治家以外で人選してくれとのこと」

「それは可能なのかね？」

「小野さんはできます。日頃、そういった人たちと接触していますから」

「例えばどんな人たちなの？」

「若手学者、プロのブロガー、若手作家、エッセイスト、歌手、演劇人、映画俳優・女優、飲食店チェーンのオーナー、前科者、新右翼、経済ヤクザ」

「すべて自由業か……」

「その通りです。小野さんはすでに動き始めています」

「毎週のデモで効果が分かるね」

「いえ、毎週のデモは中止になりました」

「えっ？」

善三は驚きの声を上げた。

「どういうことかね」

「一か月後に迫った笹田原発事故の命日に照準を合わせるそうです」

「火炎瓶は？」

睦美は、笑った。

「あれは冗談だったみたいです」

「ほっとしたね」

「はい」

電話を切った。

市民たちの「一揆」。一揆は食べることができない、生活困窮を訴えるためにやむなく行われることで成功するのだ。「格差社会」と喧伝されていても、いまの時代、一揆が起きる素地はない。

しかし、相川のこと、そのあたりはすでに手を打っているのだろう。

そして、相川の裏での動きが見え始めてきたのは、それから二週間ほど経ったころだった。

5

クラブこのみのママが近づいてきた。

「あら、ご一緒なのね」ママは三井と部長を交互に見ながら言ったあと、三井の方を見て、

「この前は失礼いたしました。私、気が動転していたのよ」

「あの写真に写っていた男は、よく来るんですか？」

「ああ、自称ジャーナリストの人ね。そうねえ、二か月に一回くらいかしら。一緒に来る方はもっと頻繁に来てくれるわ」

「横峰に殴られていたのは伊地知という名前ですよ」

「名前なんてどうだっていいわ。記号みたいなものでしょう。私たちの仕事では、名前は記号。社会的地位だけが意味のあるものなの」

「で、伊地知と一緒に来る男で社会的地位のある人間って、誰です？　記号で答えてください」

と訊くと、

「敬和薬品の部長さん。あら記号でなくてごめんなさいね。いま、お見えよ」

ママは、後ろのボックス席をちらりと見た。

「紹介してもらえないかなあ」

と部長が言う。

「お高くつくわよ」

「かまわないよ」

ほどなく、ボックス席に呼ばれた。

名刺交換した。名刺に書かれた苗字を見て、驚いた。

部長はいっこうに気にする素振りもせずに名刺を見ながら、

「失礼をお許しください。たまたま、伊地知さんのお姿が見えましたので、お話しさせてもらいたいと、ついついママに頼んでしまいまして。伊地知さんはアルツハイマー研究の第一人者とお聞きしていますので、レクチャーいただければと思いましてね。私も、この三井も社会部育ちなもので、化学や医療の世界に全く疎いのですよ」

男は先ほどまでのとっつきにくさが消え、笑顔を見せた。

三井は訊いた。

「伊地知さんと同じ苗字のジャーナリストがいますよ」

「兄です」

と伊地知は答えた。

「そうでしたか」

と、動揺を隠して三井は頷いた。兄弟にしては、背格好、顔かたちがまるで違う。

三井はさらに訊いた。

「横峰という男をご存じないですか？」

伊地知は、知らないと答えた。

「お兄さんから聞かれたことは？」

伊地知はしばらく考えているようだったが、

「いえ、ないですね。その方がどうされました？」

「いえ、私の親友ですが、連絡がとれなくなったものですから」

「兄とは親しいのでしょうか。聞いてみましょうか」

お願いしますと言うと、伊地知は携帯を取り出し耳に当てた。

しばらく話したあと、電話を切り、

「取材を通じて知り合ったそうですが、最近は会っていないそうです。曽根電にお勤めの方ですよね。兄は、いろんな分野をこなしているのですが、曽根電の偉い方と懇意にしているとは驚きです」

「懇意」という言葉が気になったが、特別に意味はないのかもしれない。

三井との話はそこで途絶え、あとは部長がアルツハイマー治療薬の開発状況について質問する時間が続いた。

ママがやってきて、伊地知の横に座った。伊地知兄弟のことを知らないはずがない。激戦区銀座で生きてきただけあって、とんだ食わせ者だ。

「ママからもらった写真は、捨てちゃっていいのかな?」

と訊くと、いいわと素っ気なく答えた。

「また焼けばいいんだし。あ、焼くなんて言うと、歳がばれるわね」

笑うと、八重歯がのぞいた。

「まさか、裏に書いてた番号に電話しなかったでしょうね」

「したに決まってるだろう。色っぽい話だと思ったのでね。ところが、色は色でもピンクではなくて真っ黒だった」

「ごめんなさいね。あれは、おしぼり業者を変えろとしつこく言ってくる人間の番号よ。いつか痛い目に合わせようと思っていたんだけれど」

辻褄は合っているが、にわかに信用するほど、三井もお人好しではない。この店、このみママ、伊地知兄弟。すべてがうさんくさい。

店を出たあと、部長の感想もその一点だった。

「おい、飲み直すぞ」

コリドー通りに出て、行きつけのところに入ると満席だった。

「ガード下に行くか」

「いま流行《はや》りのですね」

行ってみると、どこも満席だったが、ようやく二つ空いている店を見つけることができた。右横に座っているのは中国人、はす向かいがオーストラリア、左横がドバイ出身の男、その横がインド人の女性だった。

三井は外資系新聞社にいたことがあるので、英語はほぼネイティブだった。ところが大日に移って、英語を日常的に話すことがなくなってから、勘が鈍っている。取材対象にアジア人が多くなったので、先日もアメリカ時代の同僚と話していると、「お前の英語はアジアなまりになったな」と笑われた。

部長とは日本語で話す。周囲は日本語がほとんど分からない。だから重要なことも、この喧噪の中でも平気で話すことができた。

「お前が持っていた写真だがな。伊地知弟を横峰が殴っている。殴るからには理由があるだろう。横峰は曽根電のエリート。そしていま行方不明。殴るという行為の重さを考えると、横峰の失踪には伊地知が絡んでいるとみるのが妥当だ」

と言い、さらに、どこでいつ調べたのか、興味深いことを話し始めた。

「官邸で何かが起きているのではないかという話をしただろう。ひとつの噂だが、官邸の数か所にプラスチック爆弾が仕掛けられているというんだ」

「調べればすぐ分かることじゃないですか。監視カメラもついているんだし」

「監視カメラには死角というのがあるだろう。それに、プラスチック爆弾は、たとえ見つけられたとしても、取り外しは大変なんだな。一歩間違えば、官邸だけじゃなく霞ヶ関が吹っ飛ぶ」

「ブツは見つかったのですか」

「それが分かれば、記事にしてるだろう。箝口令だからな。ただ、複数あるとしたら厄介だ。それに、仕掛けた犯人の意図は何か……。おそらく交換条件で金の要求だろうがな」

「人かもしれませんよ」

と言うと、部長は急に黙り、そのあと、三井を見て、

「なるほどな」

と言った。

第三章　罠

1

テレビ画面に映る地獄絵図を、善三は黙って見ていた。自家用車、トラック、軽自動車を飲み込み、電信柱をなぎ倒し、さらには民家と人間に襲いかかる。鉄砲水と化した濁流は止まることを知らない化け物だ。明らかに生きていた。

押し寄せてくる津波が平地の生活を飲み込んでいく光景は、いつも善三の心をわしづかみにする。映像は自然の脅威を映し出しているのだが、その後に起きたことを知っているため、怖ろしさが倍加する。自然、神の仕業ではなく、明らかに人災であることを善三は知っているからだった。

録画を消して、テレビ番組に戻した。急須にはまだお茶が残っていた。茶碗に入れて飲んだ。テレビはニュース番組を映し出している。眉毛の薄い男性アナウンサーが「今日のハイライト」と宣言して、用意されたボードに書かれた主要ニュースの小見出しを読み上げた。

自民党支持率三ポイント上昇、憲法改正国民投票に向けての自公調整難航、南シナ海で米中にらみ合い続く、ＪＦＫ暗殺の資料、再び公開延期、現物国債市場乱高下続く。

善三は「国債」の二文字を認めたあと、別のチャンネルボタンを押した。経済報道に特化した放送局だと聞いている。

アーチ型テーブルに三人が座っている。真ん中にキャスター、左横にアシスタントの女性アナ、右側には口ひげを生やした四十がらみの男だ。大日新聞・経済報道部デスクの槇原光輝《まきはらみつてる》と紹介された。善三はテレビのボリュームを上げた。

「このところの債券市場の変動について、まずは槇原さんから解説をお願いいたします」

カメラは槇原を映し出した。

「はい、まずはこのグラフをご覧ください」

テーブルに置いてあるボードが立てられ、大写しになった。グラフの表題は「債券市場の推移」と書かれてある。槇原が話し始めた。

「このグラフはここ一年間の国債市場の推移を示したものです。ご覧いただければ、ここ数週間、極めて異常な動きをしていることがお分かりだと思います。国債現物市場が混乱しています。乱高下を繰り返しながら、下降線を辿っていますね」

「これは、何を意味するのでしょうか」

とアナウンサーが訊く。

「大量の債券売りがあるようです」

「国債はローリスクと聞いていますが」

「確かにローリスクです。ＧＤＰの二倍以上の国債を発行してもなお安定しているのは、日銀が買い支えてきたためとも言えます。国内投資家が大半を保有していることが国債のローリスクの理由でもありました。日本が続く限り、国債は安全だと……」

「その安全が壊れてきたということですか」

「いえ、そうとは言えません」

「投資家が敢えて売りに出したということは？」

「はい。その可能性は否定できませんね」

「いわゆるヘッジファンドが売り攻勢を仕掛けてきたということですか」

「はい、そうです。その動きにつられるようにして、国内投資家も売りに動いているということでしょう」

「この状態が続けば、どういう事態が予想されますか」

「一般論で申し上げますと、国債が暴落すると、買い占めが起こるため、今度は値上がりしますね。売り抜けする投資家が出てくる。そうなると、日本の国債は不安定だということで、国債そのものの信用度が低下します。それは結果的に国力の低下を意味するということです」

突然テレビはコマーシャルに入った。

善三はテレビを消し、携帯を手に取った。三回のコールで三井の声が聞こえてきた。善三からだと分かったようで、三井は挨拶を省いてすぐに話し出した。

「槙原くんも控えめなコメントをしていて、笑ってしまいましたよ。明らかな宣戦布告と分かっているのにね」

「三井さんの周囲はどう見ています?」

「瞬間的なことだと楽観する見方が多いですね。生き物ですから、些細なことで乱高下するさ、ちょっとした利ざや稼ぎだろう、みたいなところですか」

「仕掛け人探しなどないということですか?」

「僕の周囲ではありませんが、そう甘いものではないです。官邸、財務省、日銀あたりは旧知の記者から情報をとりますが、それだけでは足りないです。すでに内閣調査室あたりを使って犯人探しが始まっていると見ておいた方がいいでしょうね」

その日の夕刻、善三は近くのコンビニに行き、新聞をタブロイド夕刊紙を含めて購入した。全国紙では唯一、大日新聞だけが経済評論家などの意見を嚙ませて報じていた。その他の全国紙には、国債の文字は見当たらなかった。しかし、タブロイド版の夕刊紙には、「デフォルト」の文字が一面に踊っていた。

善三は、相川達也とはじめて会ったときのことを思い出した。帰国したばかりの勝又と、睦美、それに三井も一緒に意見交換したのだった。口火を切ったのは勝又だった。

「こんなんはどうかな」勝又がしゃべり出した。

「目的はひとつ。日本の価値を下げることや。人間は、金持ちに群らがるやろ。金がなくなれば人は離れるんや。日本が貧乏国になれば、アメリカは日本を見捨てる。へたにいま金があふれてるもんやから、アメリカがカツアゲしてくるんや。そやないか」

勝又は、日本を崖っぷちまで追いやる手立てとして、

「日本をデフォルトに追い込むんや」

と言った。

「デフォルトって何ですか」

と睦美が訊く。勝又が善三を見て、

「おっさん説明頼むで」

と言う。善三は頷いた。

「デフォルトというのは債務不履行のことで、つまり、借金を返せなくなる状態だよ。個人で言えば、自己破産みたいなものかな。デフォルトになると、国として機能しなくなる。ＩＭＦ、つまり国際通貨基金の管理下に置かれ、そうなると、日本経済はずたずたになるんだ」

「ということは、原発どころではなくなるということですね」

「慎二くんが狙っているのは、そういうことだね」

「でも金満日本と言われているし、経済最優先の政策だから、日本経済破綻なんてありえないように思えますが」

睦美が素直な疑問を呈した。

「そんなことあらへん。現実見てみい。日本は借金だらけなんや」

と勝又は言い、また善三をちらりと見た。

「睦美さん、日本は確かに国家予算はアメリカ、中国に次いで世界三位の規模だけれど、借金の規模も大きくてね。借金というのは、つまり国債と借入金のことだけれど、その額で日本は世界一なんだよ、おおよそだけど、国家予算の二倍以上が借金で、しかも一秒で百二十万円、一時間だと三十六億ずつ増え続けているというのが現実なんだ。国民一人当たりで言った方が分かりやすいな、およそ一人当たり八百万円という数字になる」

「そんなに！」

睦美は驚きの声を上げた。

「借金大国だということは分かりました。で、借金がさらに増えると、そのデフォルトというのになるのですね」

「財務省と日銀がコントロールするので、そう簡単にデフォルトにはならないはずなんだけれど、慎二くんは、何か秘策をもっているのかもしれない……」

善三が言うと、睦美は勝又に視線を移した。勝又が言う。

「ヘッジファンドに日本国債を売りに出させる。外資の保有率は三十パーセントと少ないんやけど、少し火がつけば、日本の保有者も同調するで。紙切れになりそうやと敏感に反応するんやな。結果、国債が大量に売られ、外貨準備高が減少してデフォルトが現実味を帯びてくるちゅうわけや」

「ヘッジファンドの知り合いがいるということだね」

「アメリカに五年もおれば人脈広がるんや。わしの得意技やしな」

自信満々の勝又に、睦美が不安げに質問する。

「なんとなく分かったような気がしますが、そんなこと本当にできるんですか」

「日本が一番困るのは、外貨準備高が減ること、ちゅうのは常識の話や。外貨不足で輸入決済もでけへんとなると国として一大事やな。そうなると、日本の信用はがた落ちになる」

勝又は自信ありと胸を張る。そこで相川がはじめて口を開いた。過去にヘッジファンドが動いて国債価格がかなりの下げとなった事実はたくさんあると説明したあと、

「政府・日銀・財務省 対 我々の戦いになるという構図ができるだけでも意味は大きい」

と、勝又の提案には即効性よりも相手を慌てさせる効果があるのだと、冷静な判断をしたようだ。相川は若い頃、株でひと財産を築いたと発言している記事を善三は読んだことがある。

相川は続けて、

「官邸の慌てぶりについては、つてを頼ってあなた方に報告しよう」

と言った。清濁あわせのむ相川の言葉を聞いて、善三の気持ちに不安の欠片《かけら》が浮かび上がったが、

すぐに思い直した。すでに動きだしているのだ。仲間を信用しないでどうする！

「相川はんがおると千人力やな」と勝又が相川を持ち上げた。

「必死で買い支えするやろうが、これ以上借金増やすと危ないいっつーこともやつらは分かるやろ。日銀の理事たちの間で、官邸主導の金融政策に反対する声が増えてきたと新聞に書いてあったんとちゃうか」

「勝又くんの言う通りだ。官邸の異常なまでの金融介入にはいつかはほころびが出る」

「わしたちは、そのほころびが出る時期を早めてやって、日本が沈没するのを止めてやるんやから、感謝されてしかるべきやな」

勝又が不敵な笑みを浮かべる。アメリカでひと財産を築き、人脈も広がった。ひとまわりもふたまわりも大きくなった勝又は、面構えも凄みを増していた。アメリカでの生き方が凝縮された顔を善三はあらためて見つめた。

2

三月十一日午後三時、霞ヶ関周辺の地下鉄の駅は人で埋め尽くされた。

我先にと出口に向かう人間たちの咆哮《ほうこう》が地下鉄構内にこだました。その日、朝から季節外れの雪に見舞われ、すでに二十センチほどの積雪が周辺を覆っていた。

三井は、社旗をつけたヘリに乗り、地上で展開されている光景をじっと見つめ、ときおりメモを走り書きする。同乗したカメラマンは間断なくカメラのシャッターを切る。もう一人はビデオカメラを回し続ける。ヘリの搭乗員すべてが、地上で起きていることに言葉を失い、黙々とそれぞれの仕事に没頭していた。総理官邸前から国会議事堂にかけて、あたり一面は人で埋め尽くされている。人の波は、国会正門前に通じる道路だけではなかった。裏側の246にも、六本木通りにも、人が押し寄せていた。

「百万人デモ」という言葉がよく使われるが、それは全国レベルでの話だ。今回は主催者側は「五十万人デモ」を目指すと発表している。六〇年安保闘争時の国会前デモが三十三万人だから、あながち無理筋ではない。もちろん公表数字は主催者側と警視庁の発表とでは乖離するのが常だが、今回に限って言えば、「五十万人」と言われても違和感はない。

議事堂前がデモ隊と一般市民で埋め尽くされたことは幾度かあった。強行採決がなされそうなとき、なされたとき、市民たちは国会前に集まった。毎週決まった曜日に行われるデモもある。若者たちのエネルギーが爆発するお祭り的デモも議事堂前の恒例行事としていまなお継続している。

しかし、今回はこれまでと明らかに違うものになる。人数もかつてない規模ではあるが、それだけではない。

昨夜、山瀬善三から電話があった。明日の官邸デモは一風変わったものになると山瀬が教えてくれた。具体的には？　と訊いたのだが、山瀬は、相川さんに訊いてくれと答えただけだった。すぐ

に相川に連絡を入れると、

「官邸が包囲されるよ。死者が出るかもしれないが仕方ない」

「それは、機動隊、警備隊との衝突で？」

「死者がこちら側だけとは限らない。殺傷能力がある武器を使う。私のためなら命を捨ててくれる人間はかなりいる。武器の調達もそれほど難しくなかった」

「あの社会学者の発案ですか？」

「そうだよ。二人で意見交換して決めた」

「武器って何です？」

「火器だよ」

「市民が巻き添えになります」

と三井が強い口調で言うと、

「三井くんは、大昔のハリウッド映画の『十戒』を観たことはあるかね」

「ありますよ。あの海が割れる光景を再現させるというのですか」

「その通り。人の海が左右にきれいに割れていくんだよ」

「割れた海を渡るヘブライ人を率いるモーセは誰です？」

「モーセはいないよ。割れた海を渡るのは特別仕様の頑強な車さ」

相川は豪快に笑った。

「ヘリを調達しなさい。上空から撮るんだ。他社は知らないから、スクープになる。私からきみへのささやかなプレゼントだよ」

二週間ほど前に、噂を聞いたことがあった。ツイッターで膨大なリツイートを実現するつぶやきがあるというのだ。三井も覗いてみたことがある。スマホを何度スクロールしても同じつぶやき記事が流れてくるのだった。内容は簡単で「三月十一日、官邸前大集合。日本を変える日がやってくる」というものだった。大したことはないと、三井は高をくくっていた。

社会部長が「高度を下げてくれ」と操縦士に言い、徐々に高度が落ちていくにつれて、人間の集団だというのが視界として捉えることができるようになった。それまでは人間か動物か分からず、単なる模様のようなものにしか見えなかったのだ。

部長が突然「ストップ」と言った。ヘリはホバリング状態となった。地上に変化の兆《きざ》しが見えたと同時に、三井の胸が高鳴り始めた。

官邸前から議事堂にかけて埋め尽くされていた人間たちが左右に分かれた。相川が言った通りだ。内堀通りから国会正門前に向かう道路にぽっかりと穴があいたように空間ができた。それは雪のために周囲が白いのに対して、それまでデモ隊によって踏み潰されて雪が溶けて黒いアスファルトが露出しているためだった。

白の世界に現れた一本の黒い道。人工的な道だった。

機動隊の数も半端ではない。２４６では、デモ許可が申請されていなかったのか、制服警官がデモ参加者を排除している。逮捕者の数は増え続ける。

三井！　と呼ばれて、部長の視線を追うと、内堀通りから真っ黒な大型トラックが群れをなして国会正門前に侵入しようとしていた。しかし、その隊列は突然左折した。六本木通り方面に動き、財務省上交差点を右折。その先には総理官邸がある。黒のトラック隊列は、機動隊の車両と見分けがつかない。やや小さめではあるが装備は機動隊を上回っているように見える。ルーフから突き出たものは、明らかに銃身だった。本物に見えるが、まがいものに違いない。漫画のできそこないかと三井は思ったが、ことの運びかたはプロのやり口だと確信できた。

機動隊員が怒鳴りちらしながら、止めようとするが、警棒とジュラルミン盾では頑強なトラックを止めることなどできない。官邸が歯がゆい思いをしているのが想像できた。自衛隊出動が頭の隅をちらついているはずだ。かつてもそういう事態があり、取り巻きの強硬な反対にあって踏みとどまったが、当然のごとく死者が出た。今回の規模はその比ではない。

「おい三井、誰がやらせていると思う？」

「誰の命令でもないでしょう。自然発生したんですよ」

「子供の遊びレベルじゃねえんだぞ。誰かが糸を引いている。それはアンチの側じゃねえぞ」

「そうですね、内部の者でしょう。影響力のある人間、誰です？」

「それが分かれば苦労はねえ」

「もっともですね」

「警察機構に隠然たる力を持っていて、アメリカの上層部からの信頼も得ている人間、あるいは組織、というのは分かるがな」

「部長のおっしゃりたいことは分かりますよ。誰がやらせているのか、分かってらっしゃって、名前は言えないということも理解できます」

「そんなんじゃねえ」

と部長は煙に巻いた。

「しかし、ここまでやる原動力は何でしょうね」

と話をずらすと、

「恐怖だ」

と部長は断言するように言い、さらに続けた。

「かつての反逆は生活に関わることが要因だった。つまり飯が食えないことだな。しかし、今回は目に見えない恐怖が要因になっている。こんなことは初めてのことじゃないか。そのことも記事に反映させろよ」

「了解です」

地上では煙が充満し、視界が途絶えた。煙幕を張って、機動隊は好き勝手をやっている可能性がある。市民に死者がでなければいいのだがと、煙に覆われた地上をよく見ると、黒のトラックの周囲には一般市民がいなくなっているので三井は安心した。

安心もそこまでだった。

トラックは結界を切り裂いて、官邸に突入していった。

翌日の新聞では、死者は出なかったと報じられた。官邸は機能を失い、政府首脳は官邸の屋上にあるヘリポートから脱出して事なきをえた。

3

「**和製アノニマス出現！　霞ヶ関を攻撃？**」と報じたのはタブロイド版夕刊紙だった。

全国紙が官邸での異常事態を報じるとき、タブロイド版夕刊紙が、国内に起こっている異常な現象を分析する、こんな記事を掲載した。


いずれも、原発事故発生時を基点として前後九年間の数字がまとめられた公立病院の時系列データである。データは数字とグラフで、それらを見れば原発事故から年数を経るに従って、奇形発生率の急増が一目で分かる。それだけではない。資料には、病院単位の電子カルテも付帯されていた。

奇形の種類は口唇・口蓋破裂、二分脊椎、食道閉鎖、尿道下裂、心室中隔欠損。

これまで発表されてきた「堕胎と奇形は皆無」が全くの嘘であることは明らかだ。もっとも、これらの暴露に対する逃げ道として、「原発事故との関連は認められない」という言葉が連呼されることは容易に想像できる。

しかし、そういった「詭弁」も三つめの資料によって無力となるだろう。


タブロイド紙の記事を声を出して読み上げていた睦美が、一旦口を閉ざして、手元の紙片を手に持ってゆらゆらと揺らした。

その動作を見て、勝又が笑った。

「国は常に自分たちの都合を押しつけるもんや、ちゅうことやな」

睦美が、はい、と同意する。

ひらひらと揺れている数枚の紙片には、官邸と厚労省とのメールのやりとりが書かれてある。これが、複数の人を介してマスコミ各社に流れたのだった。そして、真正面から取り上げたのは、ただひとつ、タブロイド紙だけだった。

睦美が、オリジナル資料をソファの横に置き、再び、タブロイド紙の記事を読み始めた。


奇形データは門外不出とすべき。妊娠中奇形発見の際は堕胎を促進すること。あるいは県外での堕胎を推奨すべきこと。とりわけ、奇形データの口外は違法行為として定められたので遵守すること。

官邸から厚労省に出されたメールである。

「特定秘密指定だから、病院は手も足も出ない」

善三は言い、さらに続けて、

「公表すると違法行為として逮捕されることになるが、その対策はどうなっているのかな？」

と勝又に訊いた。

「ぬかりないで。心配無用や」

勝又は不敵な笑みをつくった。

睦美がタブロイド紙をテーブルに置き、

「この新聞社は罰せられますね」

と心配げに言った。

「覚悟の上やろう」

と勝又は突っぱねた。


翌日の官邸での定例記者会見で、官房長官は、タブロイド紙の記事についての質問に対して、

「信用するに値するメディアではないので、問題はありません」

と答えた。

そのときの記者会見の様子について、三井は後日、次のように語ってくれた。

官邸記者会見が終わろうとしたときだった。大音響とともに会見室が揺れた。記者たちは立ち上がり、周囲を見回した。縦揺れの大地震と思われた。記者たちは逃げ場を確保するために出入り口に殺到した。揺れは一回で終わったが、廊下の壁に亀裂が入り、エレベーターは作動せず、天井のコンクリートが床に散乱していた。

官房長官の周りに記者たちが群がった。いまの地震は？　震度いくつか？　震源地は？

官房長官は、「もうすぐ気象庁の発表があると思います」と言ったが、顔面蒼白で、かなり大規模な地震だということを匂わせるものだった。

しかし、気象庁の発表は一昼夜経ってもなかった。各メディアには、社長宛に官邸からこんな連絡が入った。

「地震ではありません。内装工事によるものでしたので、心配ございません。記者の方々にはご心配をおかけしたことをお詫びいたします」

官邸へのトラック突撃事件で破壊された建物の修復作業が行われている。そういうことだったのかと、各メディアの関係者は胸をなで下ろした。

しかし、三井を含めて、そのときの記者会見に居合わせた者たちは、官邸の通達に疑問符をつけた。「あれは内装工事によるものなどではない」それが共通認識だった。

しかし、全国紙は、そのことも含めて何も報じず、電波媒体も言及することはなかった。

善三は、三井からもらった紙片に書かれた文字を眺めていた。紙片は二枚あった。一枚は、チェルノブイリと笹田の両原発事故後の避難基準比較だ。もう一枚は、ここ数か月における政府の政策の歩みについて書かれてある。

年間追加被曝線量二十ミリシーベルトの基準値を見てみると、チェルノブイリ区分では「強制避難ゾーン」となっているが、日本の基準は「避難指示解除区域」、つまり「帰還できる」ということだ。

一方は住むことならず、一方は住んでも問題ない、と真逆の提示となっている。

曽根電で原発に関わってきた善三には、日本の対応は正気の沙汰だとは思えなかった。二十ミリシーベルトが、どれほど危険であるかを知っているからだ。

三井は、善三との世間話の際にさりげなくこの二枚の紙片を渡したのだった。何をどうしてくれということもなく、

「こんなのをまとめてみました」

と言っただけだったが、この件について何らかの対応ができないかと、三井の目が言っているように善三には思えた。

それほど、二枚の紙片に書かれたことは、いまの日本の危うさを象徴するものだったからだ。両者の対応は数値に如実に表れていた。

日本の対応は、とても容認できるものではない。明らかに被災者、被曝者に過酷さを押しつけるものでしかない。それだけではない。政府がいま進めているのは、汚染真っ只中の地に被災者を押し込もうとしていることだった。汚染基準を緩めることによって、「安全」を強調し、笹田原発事故などなかったことにしようとしているととられても仕方のないやり方だ。補償金が多額に上ることから、条件をつけて、補償をストップさせようとしているのだ。

曽根電は黒字化している。被災者、被曝者の命と引き換えに、曽根電は倒産もせずに、のうのうと生き残っていく。このまま進めばどうなるか、誰でも分かることだった。人類の絶滅に向かってまっしぐらに突き進む。

善三は、嘔吐しそうになった。慌てて口を押さえ、手元の湯飲みを持って、煎茶を口に含んだ。深呼吸を三度繰り返すと、失望と興奮は引き潮となって去っていったが、次には怒りの波が押し寄せてきた。「復讐」という言葉が口をついて出た。

人を人と思わないやり方を推進する権力に対して鉄槌を下さなければならない。これは、原発政策を進めてきた善三自身の反省、悔悟からくるものでもあった。

「聖戦なのだ」と善三は思った。

以前、ネットで見つけた言葉を思い出す。

「日本の首相によって、それがどういう権限なのか理由がわからないうちに四十兆円が海外にばらまかれているのに、笹田原発事故の被曝犠牲者にはわずか五億円！」

この数字の適切さに善三はあらためて思うことがあった。政府は笹田町で生きてきた人間を切り捨てようとしている。美辞麗句、詭弁を弄しても、嘘はばれる。

善三は、興奮していることを自覚していた。珍しいことだった。気持ちを鎮めるために、もう一度湯を沸かし、煎茶を淹れ直した。

気持ちが落ち着いたとき、階下のドアを叩く音が聞こえてきた。酔っ払いだと思い、無視していると、携帯が鳴った。画面には、相川達也の名前が表示されている。受話ボタンを押して携帯を耳に当てると、相川の落ち着いた声が聞こえてきた。

「官邸は血眼《ちまなこ》になって犯人探しをしているが、うまく進んでいないようです。勝又くんと満島は、私が思っていた以上に優秀ですな」

「官邸デモの方はいかがですか？　幸いなことに死者は出ませんでしたが、警察は威信失墜しました。どんな手を使ってでも究明していくでしょう。小野誠一は大丈夫ですか？」

と善三が訊くと、

「手は打ってあります。奇策ではあるのですが」

「教えてください」

と善三がたたみかけると、相川は丁寧に説明してくれた。

「小野くんは逮捕されることを望んでいるのです。逮捕されることで、警察の立場がさらに悪くなることを狙っています。今回のデモの人集めは彼のもくろみ通りに進みました。私もツイッターというのがあれほどの威力を持つとは、正直信じていませんでした。小野くんの偉さは、それを実名で成し遂げたことです」

「小野さん逮捕の動きはどうなんです？」

「共謀罪の適用を考えているようです」

　と相川が言う。

「まだ適用事例がありませんからね」

「そうです。で、共謀罪となると、小野くんがやったことだけでの適用は不可能ですから、私が仕掛けたこととの関連を結びつけようとしていますが、私も、私が託した連中も、すぐに証拠をつかまれるほどバカでもないし、脅しに屈するほどヤワじゃないですからね」

　相川は、さらに続けた。

「今回私たちがやっていることは戦争なんですから、勝つときもあれば負けるときもある。重要なことは最終的な勝利です。地球と人類が生き残ることができれば、勝利と呼べるでしょう。何十年、何百年かかるか分からないが、その意味での勝利の道筋を私たちはつくっているのです。だから、私が逮捕されて、拷問されても、痛くも痒《かゆ》くもありませんよ」

　相川との会話が終わり、善三は階下に降りた。ドアをたたく音が続いていて、単なる酔っ払いだろうとは思ったが気になった。

　シャッターを上げるために善三は屈んでフックをオフにし、シャッターを十センチほど上げてみた。すでにそのときはドアをたたく音はしなくなっていたが、逆にそれが善三の不安を募らせていた。

そして不安は的中した。

十センチの隙間から見えたのは、人間の腕だった。ドアに向かって伸びている。急いでシャッターを上まで押し上げた。男が倒れていた。見たことのない男だった。街灯の淡い光が、道路の血痕を映し出した。男の胸に手を当ててみると、鼓動を感じた。身体を揺すってみたが反応はない。すぐに一一九と一一〇に電話を入れた。ほどなく、サイレンの音が聞こえてきた。深夜の通りに、人影は見えない。

男は、搬送された病院で亡くなった。腹部を鋭利な刃物で刺され、出血多量で死に至ったということだった。

善三は警察で、ことの成り行きを説明していったが、どうも様子が変だった。あらかた説明を終えたとき、別の刑事が部屋に入ってきて、ビニール袋に入った包丁を善三に見せた。自分が愛用している包丁だと正直に答えた。刑事はすぐに部屋を出ていった。

善三は、翌日逮捕された。

包丁に残った血痕が、被害者の血液型と一致し、その包丁に残った指紋が善三のものと一致したということだった。

善三は、ついにやってきたかと思い、腹をくくる決意をあらたにした。

4

「外務省が慌てているらしいな」

久須木が寄ってきて三井に言った。

「日米合同委員会で過酷な要求でもされたのか?」

原稿チェックの手を休めて三井が言うと、

「なんだ、お前のところには話が伝わってないのか? 米議会が例の新聞広告を問題視し始めたらしいぜ。国連でも次回の安全保障理事会で議題として取り上げられることが決まった」

「世論に弱い米議会の面目躍如だな。で、アメリカはなんて言ってるんだ?」

「いまは、あの広告に書かれたことの信憑性をしっかり報告しろという段階らしいが。まあ、どこの誰が出稿したのか分かってないくらいだから、ガセネタでしたで終わるのと違うか」

久須木が離れていったあと、三井は刷り上がったばかりの夕刊を手にとった。株価が下がってきた。国債の暴落スピードも日を追うごとに加速している。危険水域が近づいていると、経済評論家のコメントがあるが、一方では、「単なる一過性。日本の格付けが下がることはない」との別の評論家のコメントもある。経済部の記者に最近聞いたところによると、もうすぐ危険水域に突入するらしく、関係省庁は右往左往しているとのこと。日銀を中心に買い支えしているが、猛スピードで売られているため、追いつかない。それに加えて、財務省と金融庁にサイバー攻撃が露骨になってきていて、それでも頭を悩ましているようだと、経済部記者は言った。

サイバー攻撃……。勝又の碧眼が脳裏に浮かんだ。

夕刊紙を閉じようとしたとき、社会面の下段にある小さな記事が目に入った。わずか数行の記事だったが、鼓動が激しくなった。


十八日未明、杉並区高円寺三丁目×番地の商店街で倒れていた男性は、病院に搬送されたが死亡した。男性は、曽根電源開発株式会社の社員証を所持していたが、同社にはその名前の社員がおらず、社員証は偽造された疑いがあるとして、目下捜査中。重要参考人として同商店街で古書店を営む男性（七十七歳）を取り調べている。


三井はすぐに警視庁詰めのキャップに電話を入れた。

キャップは、

「山瀬善三は、さっき逮捕されたぜ。凶器の包丁にヤツの指紋がついていたそうだ。たぶん明日にでも送検されるだろう」

と教えてくれた。礼を言って電話を切り、すぐに相川に電話を入れた。

相川も夕刊を読んでいたらしく、

「心配することはないよ。山瀬さんが殺人を犯すはずがない」

と相川が言うので、

「いえ、さっき逮捕されたそうです。物証があるとかで。しかも、明日には送検されるという話です」

と早口で言うと、相川の声のトーンが変わった。

「よし。わしが何とかしよう」

相川が動いてくれると聞いて、三井は少し安心した。礼を言って電話を切ろうとすると、

「あ、三井さん」

相川が呼び止めた。

「はい、何でしょう」

「三井さんは、アメリカのメディアに以前勤めていましたね」

「シカゴ・アヴェニュー・ジャーナルというところです。ＣＡＪと呼ばれています。硬派な新聞です。それが何か？」

「記事を提供したいと思っているのですが、そのＣＡＪにお知り合いはいらっしゃいますか？」

「編集の責任者はかつての同僚です」

「それは心強い。アメリカのメディアは独立性が守られていますね」

「まあ、程度問題ですが、圧力がかかればかかるほど紙面は強化されます。日本のようにヤワでは

ありません」

「では、近いうちにお会いして、具体的にお願いしたいと思います」

「さわりだけでも教えてください。可能かどうかの判断はできます」

と急かせると、相川は、

「國弘丙午氏との対談です」

「え？　國弘丙午って、以前の曽根電の社長のですか？」

驚いて問うと、相川はそうだと肯定した。でも、確か國弘丙午は官邸に突っ込んだトラックのコンテナにあった死体の一人だと噂されていたはずだ。

「國弘さんは、ご高齢だが、頭もしっかりしていて、お元気ですよ。都内の料亭で対談し、録音したものは、すでに書き起こしています。あとは英文にすればいいだけです」

三井は、次の言葉を出していた。

「それ、見せてください。うちに載せられるかもしれません。いや、ぜひ載せたい」

「無理ですよ。三井さん、冷静におなりなさい」

言われてみると確かにそうだった。それでも、三井は相川との電話を終えたあと、社会部長に話してみた。

「國弘さんは年齢からして、怖い物なしの心境かな。となると、内容には期待できそうだ。トップからゴーサインが出るとは思えないが、一応打診してみるから、すぐに入手してくれ」

その日のうちに相川と会い、対談のコピーをもらった。内容を一読して、貴重な資料になりうることを確信した。曽根電がいままでやってきたこと、噂では聞いていたことが実証データと過去の記録で掘り起こされている。日本の安全を脅かすことが、「安全」という美名の元に強引に推進されてきた事実が國弘の口から語られている。官房長官の得意技である、一笑に付すことなどできない内容なのだ。どうしても、大日新聞に掲載したい。インパクトは強烈で、新聞としての使命感は十分に満たされる。興奮気味に社に戻り、社会部長に対談のコピーを渡した。部長の顔が紅潮してくる。いけるなと三井は思った。

背筋を伸ばして編集局長室に入っていった部長は、三十分ほどで戻ってきた。

「ボツだ」

ひと言で終わった。期待もあったが、予期したことでもあった。

三井はすぐにスカイプを起動させ、ＣＡＪの編集主幹と話した。対談をその場で英訳して伝えると、編集主幹は、「うちで載せる」と確約してくれた。

相川達也と國弘丙午の対談がＣＡＪのトップ紙面を飾ると、大きな反響を呼んだ。海外のメディアがＣＡＪの許可を得て、同じ内容で報じた。米、英、仏、独、露。ことの重大さを重視した国連事務総長も異例のコメントを出し、議題として取り上げることが決まった。対談では、曽根電がやってきた国民を欺く施策の数々と、曽根電を太らせる特別な会計システム、原発作業員の悲惨な状況などを強調する一方で、アメリカが大きく関係してくる日本におけるプルトニウム備蓄状況については一切言及しなかったことが奏功したのだった。いまアメリカを刺激しては、決してうまくいかないことを相川は承知しているのだ。

5

山瀬善三は逮捕された翌日に送検され、取調官が警察官から検事へと変わった。検事の取り調べは、さらに過酷で、理屈と恫喝で攻めてくる。

善三は一貫して犯行を否認し続けた。やっていないものをやっているとは言えない。

しかし、眠らせてくれない。

最大の拷問と言われる不眠を強いて吐かせようとしている。自白剤、暴力、特に身体に痕が残るものは一切できない。検事の言葉遣いはヤクザそのものだった。そんなことは知っていた。しかし実際に経験するのとしないのとでは大きく違う。ときおり、身体が震えたが、老境に入った身、何ら失うものもなく、ただ理想あるのみと考えると、検事たちがひどく幼く見えた。

善三の店兼住まいは商店街に面している。店の前には監視カメラが設置されている。録画範囲は善三の店頭も含まれている。それを検証すれば、善三が事件に無関係であることは実証できるはずだ。

ところが、監視カメラの位置がずれていて、映っていないという。不思議なことだったが、その話を聞いたとき、これは謀《はか》りごとだと理解した。

彼らの目的は、善三を殺人罪として起訴することではなく、共謀罪で有罪に持ち込むことなのだ。ずいぶんと手の込んだ別件逮捕を演出したものだ。

家宅捜索もすでに済んでいるという。何も出てこなかったので焦っている様子が伝わってくる。何らの文書も残していない。

しかし、ただひとつミスをした。

携帯の通話記録で、相川、勝又、睦美、三井の名前が知られてしまった。

相川や勝又との連絡はこれから携帯を使わずに、公衆電話にしなければと思っていた矢先のことだったのだ。

相川や三井は機転を利かせるだろうし、言い訳ができる立場にある。心配なのは、勝又と睦美だ。

「一月十二日の夕方から深夜にかけて、あんたはどこにいた?」

「二か月も前のことなど覚えていません。なにしろ、耄碌《もうろく》じじいですから」

美濃《みの》という若い検事が机を拳で叩いた。

「覚えていない? ふざけんじゃねえぞ。思い出せ。それとも、言えないことでもしていたのか?」

善三は黙った。

「なあ、山瀬さんよ、あんたは何をたくらんでんだ? 昔は大企業のエリートだったっていうじゃねえか。頭が切れる男がやったことは、内部告発。自分を育ててくれた会社を売ったらしいな」

「…………」

「黙っていたらもっとひどい目にあうぜ。早く思い出せ。誰と会った？　小野とかいう若造の学者か？　それとも國弘丙午か？　あんたの上司だったそうだな」

小野がマークされているのは理解できたが、なぜ國弘の名前が出てくるのか。國弘丙午は、善三を育ててくれた上司であり、かつ善三を曽根電から追放した憎き男でもある。

「睡眠不足で思い出せない」

善三は言ってみた。検事は黙ったまま、狐のような目でにらむ。にらまれても、どうということはない。若造の検事は粋がっているだけにしか見えなかった。

検事の恫喝や眠らせない拷問よりも、善三が気になるのは検事が知りたがっていることが見えないからだった。

「一月十二日は終日家にいたと記憶しています。金曜日だから店は開けていたはずです。売上は確か六万円だった。希少本が一冊売れました。六時に店のシャッターを閉め、たまに行く寿司屋でビールを飲みながら、鯵と鯖の刺身を食べました。一時間ほどいたはずです。店を出たあとは、まっすぐ自宅に戻りました。二階の部屋でテレビをつけ、薄い水割りをつくって飲みながら、明日のことを考えていたと思います。そんなつまらない一日ですよ」

相川、勝又の二人と新宿のカラオケで密談したのは翌日のことだ。

検事は日にちを間違っている。単なる勘違いなのだろうか。

まぶたが閉じていく。検事が善三の耳元で大声を出す。目が覚める。数秒後にまたまぶたが閉じていく。大声で目が覚める。繰り返し繰り返し、覚醒させられる。視界がぼやけ、検事との距離感がつかめない。

断眠拷問の三日目、善三は幻覚を見た。目の前に海が現れ、波が押し寄せてくる。波は巨大化してゆっくりとやってくる。善三は大声で叫ぶ。「助けてくれ！」命乞いもむなしく、善三が乗った車は、大波にさらわれて、海の奥深くに消えていく。

「総理官邸を爆破します。その計画について密談していました」

「誰とだ？」

「伊地知健作」

「どこで？」

「居酒屋です。高円寺の」

「一月十二日だな」

「間違いありません」

6

三井は朝刊に載った週刊誌の広告を見て、眠気が一気に覚めた。

「**官邸に脅迫状か**」という見出しだった。すぐに近くのコンビニに週刊誌を買いに走った。

記事は、長老格の衆議院議員が語ったものという形で、ここ一か月ほど官邸に得体のしれない脅迫状が送られてきていると書かれてある。

「こんなことはよくあることなんでね。当初は一顧だにしていなかったんだけどな、あまり頻繁に来るんでな、それでいま真剣に取り組んでいるところなんじゃ」

と、発言そのままを書いている。記事にはさらに、爆発物を官邸に仕掛けた、身代金として十億を要求されていると書かれてある。

「そもそも失礼な話でな。何を血迷ったか、我が国のトップたちの牙城に喧嘩ふっかけるのは百年早いな。なにしろ、世界でも有数の危機管理システムと、盤石な警備態勢をもつ総理官邸に爆発物など仕掛けられるわけがないんでな」

「もちろん調べてみたけど、爆弾なんてありゃあせん。ニトログリセリンと硝酸が入った小瓶がトイレの床に転がっていただけじゃよ」

記者が、それは重大なことでは？　とたたみかけているが、長老議員は、

「当然、最悪のことを考えなくちゃならん」

と肯定し、その対策として、

「警備態勢を強化したのじゃよ」

犯人の心当たりは？　捜査の状況は？　との質問には、

「心当たりがあれば、しょっぴいてるやないか。それがないということは、捜査が難航しとるのか、あるいは何の実行力ももたないオタク的なやつの仕業だろうな。わしは、後者と見ているが」

このところ官邸を中心として事件が頻発しているのに、悠長なコメントだと、三井は思った。

この記事から見えてくることは、長老議員の発言が単なる戯《ざ》れ言《ごと》ではないということだった。経験豊かな国会議員が、目的のない発言をするはずはない。官邸の警備強化は、車両等による度重なる突破という前代未聞の事件が起きたときからなされていること。結論としては「警備態勢の強化」は意味がない。長老議員の発言の目的は、「ニトログリセリン、硝酸の小瓶」という点だろう。ダイナマイトや爆弾づくりが進んでいることを示して、すべて把握していると、官邸サイドの自信を誇示したともとれる。いわゆる野球で言う「見せ球」だ。犯人を幻惑させる、あるいは相手の出方をうかがうための一球。それが、長老議員の一見意味のない発言だったのではないか。

三井は、もうひとつ別のことも考えた。

官邸は焦っている。弱り果てているのではないか。そして、ことはより深刻な方向に進みつつあるのかもしれないと思った。

出社すると、久須木の姿が見えたので、その週刊誌を見せた。

「ああ、これか」

と久須木はにやりと笑ったあと、

「このせんせは次の選挙で比例順位下位になりそうなんで焦っている。それだけだ」

と言ったので、

「爆発物の材料のことは本当だろう？　それをしゃべらせることには、どういう意味を持たせてるんだ？　警察の発表もないのにだぜ」

「ああ、それを知りたかったわけね。俺は、なんでこのせんせがこんな発言したのか、その理由を知りたいのかと思ったんだ」

「で、どうなんだ？」

「爆発物か？　以前から官邸が右往左往していると言っただろう。単なる脅しじゃなさそうだぜ。小瓶が見つかったなんて言ってるけど、そんなちんけなものじゃないと言われている。信管とトリメチレントリニトロアミンがトイレに無造作に置かれてあったと聞いたぜ」

「それはなんだ？」

「C４の原料だ」

「プラスチック爆弾か？　大変なことじゃないか」

「ああ、そうだ。でも、完成品じゃない。だから単なる脅しだと官邸は思ってるんだな」

「しかし、妙な話だな。そんなものを置いたら、犯人は完成品で勝負に出ることを放棄したのと同じじゃないか」

「だから脅しだと言ってるんだ。俺たちはここまで考えているというところを見せつけて十億とろうとしているんだろ。たった十億だぜ。あのせんせがオタクの仕業だろうと冗談半分に言ったと週刊誌に書かれていたけれど、まんざら冗談でもないだろう。犯人は相当頭が悪い」

久須木は言いたいことを言ったあと、手を上げてその場を離れていった。

三井は、久須木の話を聞いて、ひとつの筋道が脳裏に描かれた。

伊地知兄弟のことだ。化学に詳しい兄と製薬会社に勤める弟のことだ。以前から気になっていたことだが、今回のことで伊地知の関与を、三井は強く意識した。

もちろん、根拠のある話ではないが、勘に頼るのもひとつの方法だ。

身長差の大きい伊地知兄弟の姿を思い浮かべているとき、着信音が鳴った。

表示を見ると、警視庁詰めのキャップからだった。

「この前言ってた山瀬善三という男と親しいのか？」

返事をしようとしたが、キャップはすぐに続けた。

「いま部員が原稿を送ってきた。山瀬善三が自白したそうだ」

「まさか！」

三井は驚き、

「殺人するような人間ではない」

と言うと、

「殺人容疑じゃない」

「じゃあ、何だ？」

「共謀罪だ」

「嘘だろう⁉」

三井の大声を無視してキャップは続けた。

「同時に伊地知健作という男が任意出頭、取り調べが始まっているそうだ。山瀬善三と伊地知健作は、官邸に爆弾を仕掛けることで謀議したという罪状だ。おい、三井、お前の知り合いと言っていたが、大丈夫か？」

「続報頼む」

「了解」

三井はすぐに相川に電話を入れた。

「共謀罪だそうですよ。それともう一人、任意出頭を命じられた男がいます。山瀬さんと官邸に爆弾を仕掛ける謀議をしたという疑いです。名前は伊地知健作。フリーのジャーナリストです」

「三井さんは、その男を知ってるのか？」

「ええ」と答えて、伊地知と弟のことも含めてこれまでの経緯を説明した。

「いけにえだな。すでにストーリーをつくり上げているはずだ。週刊誌に載ったじじい議員の記事読んだでしょう。あれは、山瀬さんを共謀罪で逮捕するための導火線の役割だったな。共謀罪の最初の逮捕者が、曽根電の内部告発者というシナリオは世間にはインパクトがある」

「どうします」

訊くと、相川達也は、

「受けて立つに決まってるよ。すでに手は打っている」

「それにしても、どうして伊地知なんでしょう。彼が化学に強く、弟が薬品会社だというのは僕が知っているくらいで、前科のない人間が突然容疑者として浮上するのは変じゃないですか」

「拷問されたんだな」

「そんなこと、いまはできませんよ」

「断眠拷問はできるさ」

「で、共謀したと言わされた」

「そうだね。でもそこで山瀬さんは踏ん張った。私や小野、勝又くんの名前を出さなかった」

「伊地知の名前を出したんでしょうか?」

「おそらくね。これは私の勝手な想像だが、伊地知という男は何らかの悪巧みをしているのではないかな。善三さんはそれを察知して、警察に調べさせる。転んでもただでは起きない。大した男ですよ、善三さんは」

　翌日、ほとんどの新聞に、山瀬善三と伊地知健作逮捕の記事が載った。

　二人の取調内容は全く表に出ることはなかった。善三には相川が紹介した弁護士がついているが、接見の内容は事件には関係のないものに限定された。伊地知には国選弁護人がついたと聞いた。

一方、勝又慎二と相川達也も任意出頭が求められた。

二人とも山瀬善三との関係と、一月十二日のアリバイを訊かれたという。相川は山瀬が曽根電の社員のときから付き合いがあり、最近旧交を温めていると回答したそうだ。勝又慎二は、以前の勤め先が高円寺にあり、たまたま意気投合して一緒にダーツをやったりして付き合うようになったと答えたそうだ。

頻繁に連絡を取り合っていたわけではないのと、善三の口から二人の名前は出てきていないので、事情聴取は短時間で終わった。

睦美への事情聴取はもっと簡単だったようだ。

週刊誌は、山瀬善三の華麗な経歴とその後の転落を面白おかしく記事にした。共謀罪での逮捕者ということで、昔の内部告発を大仰に取り上げ、「悪」のイメージを定着することに成功していた。ただ、記事の内容に新たな発見はなかった。

それに比べて、伊地知について書かれたことは、ほとんど初耳で、ゴシップ誌としては賞賛に値するものだった。

伊地知は大学で化学を専攻した。優秀で担当教授から院への進学を打診されたが、学部時代に過激派セクトに関わっていたことがばれて、学者への道を断たれた。週刊誌の調べでは、高校時代に化学部に属し、文化祭で簡易爆発物を手づくりしたという。しかし、最終学年の文化祭のとき、禁止されていたレベルのものをつくり、実験を試みたのだが、そのとき事故が起こり、下級生が二人、失明した。

個人の生き方は年齢とともに変遷するのが常だが、この週刊誌は、伊地知が一貫して爆弾製造に関わってきたと強調しているようだった。

大学を出たあとの具体的な仕事のことは書かれておらず、おそらく調べられなかったのだろうが、唐突に現在の仕事に飛んでいる。「ダーティーな売文業」という決めつけがそのことを物語っていた。事実ではないのだが。

三井は週刊誌をゴミ箱に捨て、外に出た。地下鉄の入り口を素通りして、お堀の近くを歩く。見通しのよいところだ。後ろを振り返ったり、視線を左右に振ったりしたが、怪しい人影は見えない。以前つきまとっていた尾行は何だったのだろう。

三井がお堀を一周し終わったとき、着信音が鳴った。非通知だった。すぐに受話ボタンを押した。ボイスチェンジャーで加工されたあの声が聞こえてきた。

「渋谷に行ってみろ」

電話はすぐに切れた。誰とも分からない人間からの情報提供が途絶えて二か月が過ぎていた。最後の電話は「やばくなったので、もうやめる」というものだった。

なぜ、いまになってまた連絡してきたのか。

三井は地下鉄の階段を足早に降りた。

ハチ公前の人波をかいくぐりながら、レンタルショップに走った。店に入り、中央付近にあるエスカレーターに乗り、四階まで上がった。アダルトコーナーのカーテンを開けると、若い男が一人、腰をかがめて陳列棚からＤＶＤを引き出しては元の場所に収めるという行為を繰り返していた。三井はいつもの場所に行き、いつものＤＶＤを手に取り、中に入った紙片を素早く抜き去って、その場で開いた。

相川達也に気をつけろ！　旧内務官僚の血筋だ。公安との関係が密だと思え。

衝撃的な文言が目に入った。すぐに紙片をポケットに入れてその場を離れた。センター街に行き、居酒屋の暖簾をくぐった。ちょうどいい席が空いていた。そこに座り、生ビールを頼んだ。席は、角っこで右と後が壁で、左側の席はやや離れている。二人席だが、よほど混まなければ相席にはならない。まだ四時だった。

この店は、三井が学生の頃から続く歴史ある店だ。売れ行き不振で閉鎖というのが日常茶飯事の飲食店にしては息が長い。ゼミが同じだった横峰とは渋谷に出てよくこの店で飲んだものだった。

その横峰が行方不明になって一か月が経った。相川は、横峰は生きていると断言してくれたが、いま手元にある紙片を読み直すと、相川への疑念がふくらみ、横峰に関する相川の言葉も信用できなくなる。

横峰は本当に生きているのか？

昔のたたずまいを残したままの、この居酒屋で飲んでいると、横峰と喧嘩したことを思い出した。殴り合いになったのは、あのときが最初で最後だった。

二十年前の冬。雪がちらつき始めた日の夕方。この居酒屋でのことだった——。

最初はゼミの先生への不満や学部の女子学生のことなどで話が弾んでいたのだが、日本酒に切り替えて、テーブルに空になった二合徳利が三本並んだとき、横峰は突然、三井に突っかかってきたのだった。

「反原発を唱えて、かっこつけるのはやめろ」

「どういう意味だ？」

と問い返した三井に対して、横峰は、

「お前は、反権力に酔いしれる左翼のアホたちと頭の構造が同じだ」

と言った。左翼はアホか？　初めて聞くことだった。

「酔ったか？」

と心配して横峰の顔をのぞき込むと、横峰はコップに半分以上残った酒を一気に飲み干してしゃべり始めた。

「権力者は偶然できたんじゃなくて、それなりの理由がある。それと同じように原子力発電所もできるべくしてできた。決して偶然のものじゃないぞ。かっこつけずに、よく考えてみろ、原発の素晴らしさを。二酸化炭素ゼロ、安全でしかも低コストだ。こんな夢のような発電装置があるか」

「変なことを言うやつだな」と三井は笑った。「原爆を落とされた日本は原子力の怖さを知っているはずだ、お前も広島、長崎くらい行ったことあるだろう。文献も読みあさっていたじゃないか。いまの発言は、そんなお前のものだとは思えないな。酒のせいだというなら、許してやってもいいが」

「原爆が原因で死んだやつはいない」

いま何て言った？ と訊き返すと、横峰は、同じことを繰り返した。

「まさか、熱風で死んだだけで、放射線が死因じゃないなんて言ってるんじゃないよな。その後の癌の発症率も他県平均より低いとか、そんなでたらめを、まさか信じてないよな」

「信じる信じないじゃなく、事実だ」

「曽根電入社面接のシミュレーションのやり過ぎじゃないのか？」

「そんなの関係ねえ。もう内定とったし」

「正式にはまだお前は曽根電の社員じゃないぞ。そんな嘘で固めた理屈は、社員になってから社員間で笑いながら言い合え。俺にそんなことを聞かせるな。親友としての忠告だ。原発は人類を滅ぼすぞ」

三井の言葉に、横峰は狂ったような笑い声を上げたあと、

「この左翼ぼけが！」

と、危ない目つきで言い放った。

「言っておくが、俺は特定の政党にも党派にも属していない。宗教とも無縁だ。選挙のときは政策を読み、過去の実行力と、人柄を吟味して投票している。政権与党に入れることは少ないことは確かだが、それで左翼と決めつけるお前の短絡さには驚くな」

「じゃあ聞くがな」横峰は今度は皮肉な笑みを浮かべた。「じゃあ、どうして原発反対のお先棒をかつぐ？　政権与党が原発を推進しているんだ。安全でクリーンなエネルギーである原発をな。理想に燃えた政権与党の政策をつぶすヤクザのような暴力集団の言うことを支持するのは、おかしいんじゃないか」

「ヤクザな集団はむしろ、政権与党の方だと俺は思っている。原発作業員調達の元締め然《しか》り、反対運動を排除する暴力集団然り、反対者への脅迫然り。原発利権で潤うためにはヤクザを使って市民を脅しても何らの罪悪感も持たない人間たちの側にはつかない」

「証拠を出せよ」

「証拠？　見せただろ？　ゼミで発表したじゃないか。俺のフィールドワークの成果を」

「あの嘘っぱちか。金ほしさに、嘘の発言をする人間に取材しても、何の役にも立ちはしないぞ。学生のお遊びはやめろ。お前ももうすぐ社会人なんだからな」

「嘘っぱちと言ったか？　曽根電の研修では、そんな言葉で原発反対論者を否定しろと教育するのか？」

「天下の曽根電は真実しか言わないし、やらない。正しいことしかしない。平和のためのエネルギーを供給して何が悪い」

「では訊くが、十一年前のチェルノブイリ原発事故で汚染された町と、死んでいった町をどう思う。あれを見ても原発が平和のためのものと言えるか」

横峰は無表情になり、

「あれは、ソ連の技術力が弱いから、それだけの話だ。著名な科学者は皆、そう言っているのを知らないか？」

三井は啞然として次の言葉が出てこない。こいつは飼い慣らされてしまった。自分の判断力を失っている。いや、そうせざるを得なくなったのか。

「お前の立場では知っていても言えないのだな、かわいそうなやつだ。でもな、かわいそうでは済まされないぞ。お前が人類を殺し続ける悪魔の装置に関係し続ける限り、許すことはない。まるで、薄汚い権力に尻尾を振る犬だな……」

三井が言い終わらないうちに、突然横峰の拳が、三井の顔面に飛んできた。眼鏡が砕け、鼻血が噴き出した。

喧嘩に慣れていないにしては、強烈なストレートだった。三井はすぐに横峰の首根っこを摑んで立たせ、左右五発づつのフックを見舞い、最後に腹に拳をたたき込んだ。横峰の身体が二つに折れ、その場に倒れ込んだ。後ろから店員に羽交い締めにされて止められなかったら、足蹴にしていたと思う。横峰の顔は風船のように膨れ、目に涙を浮かべていた。

それ以来、横峰と話したり飲んだりすることはなくなり、就職してからは二人の関係は途絶えた。曽根電でエリートコースをぐいぐいと進んでいるという噂は聞いたことがある。

そして、一年前に突然かかってきた横峰からの電話。昔のことなどすでに風化していて、懐かしさでいっぱいだった。横峰の口から出た奇妙な話、そして一年後の失踪。

過去を振り返っている間に、腹はビールで満たされていた。

そのとき、ふと思った。渋谷レンタルショップで情報をくれているのは横峰ではないか。

ポケットからレンタルショップで入手した紙片を取り出した。相川達也に気をつけろ、公安に情報を流している、というメモ書きだ。相川は横峰は生きていると断言した。その相川が公安のSだとするなら、横峰が生きているという話も信用できなくなる。相川はただ、横峰は元気だと言うだけで、具体的なことは一切話さない。

生きていてくれればいいのだが。

7

勾留請求が出され、善三はさらに十日間、留置所にとどまることになった。接見は家族に限られるため、元妻が来てくれた。わずかな時間だったが気丈な態度で善三を励ましてくれた。弁護士とも会って打ち合わせをしてくれているとのことだった。元妻はさらに相川達也にも会ったという。

「あの方なら、きっとあなたの無実を証明してくれるわ」

娘は結婚してボストンに住んでいるのですぐの帰国は無理だという。

「何もやっていないのだから、心配することはない」

「広夫《ひろお》さん、近々東京に出張があるらしいのよ。だからそのときにお祝いを兼ねてみんなで何かおいしいもの食べましょう」

広夫というのが娘の結婚相手らしい。善三は会ったことはない。

元妻がいろいろと話しているのを聞きながら、おかしなことがあることに気づいた。

「どうして接見が承認されたんだね？」

言うと、妻はかすかな笑みを浮かべて、

「離婚届は破り捨てたわ」

と言った。

「弁護士さんともお会いしたわよ。難しいことは分からないけれど、共謀罪は成立しないので、不起訴になりますとおっしゃってくれたわ」

「ああ、その話は直接聞いたよ。心強い弁護士を見つけてくれた相川さんに感謝している」

「共謀の相手の方の名前をしゃべったの？」

「いや、それは言った記憶がないんだが。調書にもサインしていない」

「伊地知さんて方」

「知っている人間ではあるが」

そこまで言ったとき、立ち会いの警察官が、

「時間だ」

と言った。まだ十五分ほどしか話していない。話の内容を聞いてストップがかかったように思えた。妻は、「また来るから」と言って帰っていった。

伊地知の名前をなぜ出したのか、善三自身分からない。日にちまで言ったという。善三の記憶ではその日に伊地知に会ったことはない。一度、高額の希少本を買ってくれたとき、その本のことでしばし話をしたので覚えているだけだ。わざわざ名刺もくれたのだ。確かその日に三井がやってきて、そのことを話した覚えがある。

発言は録音されていて、それを聞かされ、調書に署名しろと強要された。善三は拒否した。その時点から、担当検事の執拗な脅しが再開されたのだった。

弁護士には強く言われている。身に覚えのないことには決して署名しないこと、と。その言葉で意を強くしたものの、やはりプロの追い込みには、心が折れそうになる。脅迫がこれほどまでに精神を壊していくものだとは思いもしなかった。

8

伊地知が起訴された。家宅捜索で、ダイナマイトの原料であるニトログリセリン、珪藻土の他、ガソリン、塩素酸塩、重クロム酸塩、大量のビール瓶が見つかった。製造方法のメモ、携帯電話、日記が押収された。日記は暗号で書かれており、解読まで時間がかかった。携帯電話の履歴から、二人の男が逮捕された。いずれも学生時代に同じセクトにいた人間だった。

官邸での定例記者会見で、官房長官はいくぶん顔を紅潮させて説明していった。

記者からの質問は、共謀罪が成立するか否かに集中した。もうひとりの容疑者である山瀬善三は否定しているのではないか、との質問に、

「そのあたりは、さらに追求しているところであります」

「原料からしてダイナマイトと火炎瓶と思われますが、いまどき、火炎瓶というのは時代錯誤ではないでしょうか。どこでどう使うつもりだったのかご説明お願いします」

「それは官邸爆破です。実際にすでに原料の一部が官邸の中で発見されているのですし、伊地知容疑者はフリーですがジャーナリストとして官邸への入館は可能ですから」

「目的は何だと思われますか」

「目下、聴取中です」

「官邸が十億の身代金を要求されているということが週刊誌に書かれてありましたが、それとの関連はありますか」

「身代金云々という事実はありません」

「以前、記者会見のときに地震のような大音響がしたことがありました。床や壁に亀裂が入りましたね。あれは伊地知容疑者の仕業《しわざ》ですか」

「違います。あの音は官邸の一部を内装工事していましたのでそのとき出た音です。このことはすでに各社さんにブリーフィングしておりますが」

「内装工事で、亀裂が入りますか？」

「入ります。はい、次の方」

と官房長官が記者席を見回したときだった。

袖から事務方らしき男が足早に官房長官に近づき、紙片を渡した。官房長官の目が紙片に落ちたとたん顔つきが険しくなった。

「みなさん、今日の会見はこれで終わりです。即座に、ここを出て、離れてください」

何が起きたんですか、という声が四方八方から起こった。

「脅迫状が届きました。みなさんの身の安全を確保するために、私の言ったことに従って行動をお願いします」

「爆破犯人は逮捕されたのではないですか？」

そんな質問が飛び交ったが、もう官房長官の姿はそこにはなかった。

官邸の出入り口に記者たちが殺到して将棋倒し状態となり、悲鳴が響いた。三井は遠巻きに混雑の様子を見つめた。爆弾が仕掛けられていたとしても、犯人が脅迫状を送ってすぐに起爆スイッチを押すことなどない。厳しい交渉が続いているはずだ。今回の犯人は手強《てごわ》いはずだと三井は思った。共謀罪容疑で山瀬と伊地知が逮捕され、一件落着かと世論が思い始めたタイミングを狙った、その用意周到さ。交渉ベタの日本政府に勝ち目はあるだろうか。果たして、犯人の要求は何か？

三井は地下鉄の駅に走った。入り口についたとき、思い直してタクシーをつかまえた。悠長に構えてはいられない。

神田まで、と運転手に告げた。

狭い路地なので駅前でタクシーを降りた。明神ビルに入り、案内ボードで確認した。エレベーターで五階まで上がり、敬和薬品工業株式会社東京支社のドアフォンを押した。

はい、と女性の声がしたので、

「伊地知さんはいらっしゃいますか」

「今日は本社です」

本社は千葉幕張メッセだ。遠い。でも仕方ない。行ってみるしかない。電話で確認しなかったのを悔いた。ドアを離れようとしたとき、女性が顔を出して、

「さっき電話があったそうです。こちらにもうすぐ来ますよ」

好運が戻ってきた。

三井は促されるままに事務所内の応接室に入り、ソファに座った。コーヒーが出てきたが口をつけずに待った。五分ほどすると、ノックがあり、伊地知が入ってきた。

先ほど女性に渡した名刺を持っている。

伊地知は「お待たせしました」と丁寧に頭を下げてから名刺を渡そうとしたので、

「お名刺はすでにいただいています」

と言うと、しばらく三井を見つめたあと、

「ああ、銀座のクラブでしたね」

「今日はお兄さんのことをお聞きしたくてやってきました」

伊地知が目を落とした。

「やはりその件ですね。正直私も困り果てています」

「あなたへの事情聴取も当然ありましたよね」

「はい。兄が逮捕されたあと二、三度刑事さんからいろいろと質問されました」

「いろいろ、というのはお兄さんのことですね」

「兄のことが中心ですが、私自身のことも根掘り葉掘り聞かれました」

「どうしてでしょう？　まさか共犯と誤解されたのではないでしょうね」

「たぶん、そんなところだと思います。一月十二日のアリバイを聞かれましたし。アリバイは成立して、疑念は晴れましたが、気分のいいものではありませんし、兄のことも心配です。とうてい官邸爆破なんてできる人間ではないんです」

「疑いはもうすぐ晴れますよ。先ほど、また官邸で危ないことが起こりそうになったんです」

メディアで伝えていないので、伊地知が知らないのは当然だった。驚いた表情で、どういうことです？　と尋ねてきたので、官邸での出来事を説明し、

「お兄さんはいま勾留されているので、つまり、官邸爆破をもくろんでいる者は他にいるという証明になります」

「安心しました。ありがとうございます」

伊地知は表情を緩めた。

「官邸爆破の件はお兄さんと無関係ですが、火炎瓶とダイナマイトの原料を所有していたのは罪に問われます。お兄さんはどうしてあのようなものを持ってらっしゃったんでしょう」

「罠です」

「え？」

伊地知からの意外な言葉に三井が聞き返すと、

「兄は高校時代に爆発物の実験で、後輩を失明させています。それがトラウマになって、そういったことには一切関わらないようになっています。僕は兄のマンションに何度も行ってますが、あん

な危ないものなど見たことはありません」

「罠を仕掛けた人間に心当たりはありますか？」

「横峰だと思っています」

伊地知の口から横峰の名前が出るとは思わなかった。唖然としていると、

「銀座のクラブで三井さんに尋ねられて、兄に電話したことがありましたよね。そのときは、取材を通しての知り合いだと言っていたのですが、あのあと、兄から電話がかかってきまして、今後一切横峰の名前を口にしないでくれと、怒ったのです。理由を聞いてみると、横峰に言いがかりをつけられていると」

「どんな言いがかりです？」

「曽根電幹部たちのスキャンダルを探して週刊誌に売ってるということです。それと笹田原発事故が原因で癌が多発していると風評を流しているということも」

「それで、クラブこのみで横峰はお兄さんを殴ったのですか？」

「銀座のクラブまで追いかけてきて因縁をつけるので、いいかげんにしてくれと強く抗議したら暴力を振るわれたと言ってました」

「その程度で、大の大人が殴ったりするとは思えませんが」

と反論すると、

「兄が書いた週刊誌の記事が気に入らなかったのでしょう。とにかく、横峰という男は曽根電命《いのち》、

原発命の男なんですよ。原発の是非について、あそこのクラブで唾を飛ばすほどの勢いで反対論者に食ってかかっているのを私も何度か見ています」

「なるほど」

三井は頷いたあと、

「話を少し整理させてもらいますね。お兄さんと横峰の仲が険悪だったというのは分かりました。おっしゃる通り、横峰はごりごりの原発推進論者ですから、お兄さんを憎んでいたでしょう。罠にかけたいと思ったとしてもおかしくはないですね。で、お兄さんのマンションにあるはずのないものがあって、それが警察に押収されたわけですが、横峰が危険物をお兄さんのところに置くのは、いまどきのマンションの管理態勢では無理なのではありませんか」

「プロに頼んだんですよ。こそ泥まがいのことをする業者はごまんといると聞いてます」

「横峰にメリットはありますか？」

「兄を陥れるメリットということですか？」

「そうです」

「横峰は兄のことを、風評を流す似非《えせ》ジャーナリストだと思っているのです。その兄を排除できれば曽根電としては万々歳だと思うのではないですか。なにしろ、兄の書く記事は人気があって、世間への影響力は大きいですからね」

三井は頷いた。聞きたいことはほぼ聞けた。礼を言って、事務所をあとにした。

駅まで歩きながら、以前の光景を思い出した。官邸記者会見の帰りに見かけた伊地知を追ったときのことだ。伊地知は弟と合流してカフェに入った。伊地知兄の方が弟に対して命令口調で言っていたこと。「待て。時期尚早だ。考えるな。動け。現実を見ろ。金の心配はするな。他言無用」

断片的だが、これらの言葉は伊地知兄弟が積極的に何かをやろうとしている、あるいはすでに行動を始めていると思えるものだ。特に兄の方は強力な推進役を担っていると見えた。自宅にブツを運び込まれるような愚鈍な男ではない。

伊地知弟の巧妙な嘘が透けて見えた。

官邸に置かれたという爆発物の件は、警視庁も官邸も一切説明を避け、何事もなかったような態度をとり続けているが、見えないところで犯人と交渉をし、同時に犯人探しに躍起になっていることは想像に難くない。

三井は電話でアポイントをとってから、赤坂の相川達也の事務所に出かけていった。

相川は快く迎えてくれた。

相川には訊くことがたくさんあった。一番は、いまアヒルの水かき状態にある官邸、警視庁と犯人との交渉過程についてだった。しかし、相川は三井の質問に言葉を濁した。本当に分からないときの表情だった。

山瀬善三のことを訊くと、「起訴されない」と断言した。勾留期限はあと三日で切れるが、三日後にも、検察は裁判で勝てる証拠を見つけることはできないだろうと自信満々だった。

「そもそも無理筋だったんだよ。警視庁と官邸は焦っていた。あれだけ物議をかもした法案の逮捕者第一号が出たとなると、強行採決で落ちた国会の威信が立て直されると踏んでいたのだろうが」

「伊地知はどうなりますか」

「危険物保持だから起訴はされるが、共謀罪の対象にはならないな。そもそも山瀬さんが伊地知の名前を出したということもあいまいだし。調書には署名していない」

「御上《おかみ》の早とちりだとなると、世間の笑いものになりますが、落としどころをどこにもっていこうとしているんでしょうか」

「そんなこと、わしたちの知ったことではない」と言ったあと、「あ、三井くんには、大いに関心のあることだったね」

と付け加え、腕組みをした。

「だからこそ、いま必死で真犯人捜査に全力を注いでいるんだ。逮捕に成功すれば、メディアはそれ一色に染まり、山瀬さんや伊地知のことは忘れさられるし、警視庁の数人が譴責《けんせき》処分を受ける程度で済み、警視庁と検察の威信は傷つかない。聞いたところでは、いま、犯人との交渉は腹の探り合いだ」

「どういうことです?」

「爆発物が仕掛けられているのは官邸だけではない。それが犯人側の交渉の材料だよ」

「犯人側は何を要求しているんです？」

「原発と内閣総辞職だよ」

「総辞職は分かりますが、原発というのは？　廃炉にしろということですか」

「まあ、そうだな。そのタイムスケジュールを示せと、しかも日程を詰めること、廃炉費用を国民負担にしないで、つまり電気料金値上げではなく、既存予算と原発企業の内部留保からひねり出せ、と」

「簡単に要求をのむわけにはいきませんね」

「そうなんだ。関係省庁、経団連、基幹産業の大企業、ありとあらゆることが関係してくるからな」

「当然、拒否するしかないですね」

「普通だったら、笑って拒否だろうな。ＩＳにつかまった邦人を見殺しにしたときのようにな」

「……あれはひどかった」

「ところが、今回はそうはいかないようだ」

「それはどうして？」

「自分たちの命がかかっているからだよ」

「爆弾が仕掛けられているところは官邸だけではないと？」

「その通りだ。犯人は小出しにして、交渉を続けている」

「交渉の方法は？」

「あらゆるＳＮＳ。それと新聞に載る家出人に向けた小さなメッセージ広告、特定週刊誌への商品広告。これらに要求や伝言を暗号化して掲載してコミュニケートしている」

「完全に負けてるじゃないですか」

「相当な金持ちだろうな、犯人は」

「どのメディアで伝えるかという連絡は？」

「電話だよ。ボイスチェンジャーで声を消したものだ。しかもフリーの携帯らしく、一度たりとも同じ携帯が使われた形跡はない」

「官邸は要求を飲みますか？」

「面子《メンツ》が許さないだろうな。ヤクザと同じで体裁を取り繕うのがやつらだから」

「で、官邸側に勝ち目は？」

「戦争だから、勝敗の行方は神のみぞ知る。大日本帝国の軍部はあらゆる謀略をやってきた。いまの政権、当時が懐かしいらしいから、当時のことやナチスをまねているだろう。犯人側がどれだけその攻撃に耐えられるか。ベトナム戦争時は戦術差で大国が負けた。地理上の有利もあった。しかし、今回は地上戦でも空中戦でもない。電子という見えない形での戦争だから」

「相川先生の見立ては？」

「日本はサイバー攻撃に弱いというのは定説。霞ヶ関のシステムには容易に入っていけると言われている。脆弱な方が負ける。しかし、権力側は暴力が使える。暴力にもいろいろな形があるからね」

事務所の片隅に置かれたテレビを、相川が指さした。テレビは音を消してある。ニュース番組のテロップが三井の目に入った。

日本国債売り続く　東京の地価大幅下落

事務所を出て駅まで歩いた。

相川は、まるで犯人であるかのようにしゃべってくれた。書くなとも言わなかった。

山瀬善三は不起訴となり、出所の日が決まったと相川から連絡をもらった。三井は指定された日時に出向いた。取材という名目だったが、善三の出所を祝いたいというのが本音だった。

午後四時、警察署の前に待機した。収容施設不足で、警察署の留置所に身柄を拘束されていたのだ。

相川、勝又、睦美に混じって見たことのない初老の女性がいた。別れた奥さんかもしれないと三井は思った。

声をかけずに遠巻きにみんなの姿を眺めていた。四時を十分ほど過ぎたとき、警察官に付き添われて善三が姿を現した。少し痩せたようだが、顔色は悪くはない。善三は、警察官に深々と頭を下げたあと、集まった支援者たちの方を向き、再び頭を下げた。勝又が善三に近づき、肩を二度たたいた。みんなに笑顔はなかったが、目が光り輝いている。本当に嬉しいときは笑わないものなのかもしれない。

善三をみんなが取り巻く形で歩道を歩き始めた。

そのとき、警察署の入り口から一人の制服が姿を現した。先ほど善三に付き添っていた警察官に足早に近づき、耳元で何かしゃべるのが見えた。警察官はすぐに善三たちに近づき、

「再逮捕！」と叫び、善三の手首に手錠をかけようとした。

「容疑は何ですか？」

と善三が訊いた。

「凶器準備集合罪。お前の家の天井裏から危険物を押収した」

「逮捕状を見せてください」

「署内で提示する」

と言ったとき、勝又が大声で、

「いま、ここで提示せんかい」

と怒鳴った。

警察官が怒りの表情で勝又をにらみつけて近づこうとしたとき、足下に転がっていた石ころに躓いて前のめりに転びそうになった。それを見た善三が警察官の身体を支えようと手を伸ばした。善三の手が警察官に触れたとき、警察官は善三を見て、

「コウボウ！」

と叫んだ。署内から制服が三人出てきた。

コウボウ……「公妨」。公務執行妨害の略語。警察用語だ。

善三の手首に手錠ががっちりと掛けられた。

三井は警察の行動に、前もって予定されていた恣意性を感じとった。逮捕状は裁判所が了承して初めて発行される。起訴に持ち込むに十分な証拠類が揃っていることが前提となるので、司法警察官はずいぶん前に申請していたということになる。

天井裏から危険物が発見されたと言っていた。家宅捜索のときには、何も出てこなかったはずだ。歯がゆいが、三井は何もできなかった。ことの成り行きをノートにメモしたあと、ここでの逮捕状提示を強く求めるために警察官に近づこうとしたとき、少し離れたところにいる相川達也の姿が目に入った。

相川達也がデジカメを構えていた。警察官が顔を少し上に向ければ撮影されていることに気づくはずだが、善三の拘束に気をとられて余裕がないようだ。ようやく気づいたときは、すでに遅かった。相川は、大型バイクにまたがって待機している男にデジカメを投げ、男は右手で受け取った。バイクは轟音を残して走り去った。

善三は、勝又の抗議もむなしく、再び警察署の中に連れていかれた。

善三の姿が見えなくなったとき、三井は相川に近づいた。話しかけようとすると、相川はにやりと笑って、

「私に任せてくれますか」

と言った。

ほとんどの新聞が、翌日の朝刊に山瀬善三再逮捕の記事を載せた。大日新聞も逮捕の事実は事実として、掲載した。

テレビも山瀬再逮捕を大きく取り上げ、法律専門家、大学教授、タレントなどをゲスト解説者として出演させ、座談会方式で、説明ボードを使いながら経緯と今後の展開について語り合ったりしていた。どの出演者も「山瀬＝クロ」のトーンで一致した。まるで、あらかじめ結論が決められていたかのようだった。

ところが、ＳＮＳでは逆の流れとなっていた。

デジタル対応部署の記者によると、ＳＮＳでは「不当逮捕」が連呼され、収拾のつかない状態になっているという。

山瀬善三が再逮捕されたときの動画が流れているという。

それを見た者たちが騒ぎ出して、拡散していったようだ。山瀬善三は蹴躓《けつまず》いた警察官を助けようとして手を差し伸べたのに、それがなぜ公務執行妨害？　動画は事実を伝えていたのだ。

出所《でどころ》は相川だろうが、最初の投稿者の身元は割れていない。

官邸はその件について沈黙し、警察も検察も記者会見開催を拒否し続けた。そのことが、一般人の反感を買った。

三日後、政権寄りの新聞に奇妙な記事が載った。見出しは、

山瀬善三逮捕、えん罪の可能性強まる

この新聞は冤罪の根拠として写真五葉を紙面に載せた。一人の男の一連の行動が分かるように配列されている。おそらく動画を静止画にプリントしたものと思われる。そのため画像は鮮明ではないが、男がやっていることははっきりと見える。

一枚目。目出し帽で顔を隠した男が天井にナイフで切れ目を入れている。

二枚目。床に置いてあるいくつかの危険物。

三枚目。天井板をはずして危険物を天井裏に入れている。

四枚目。作業を終えたと見られる男が階段を降りていく。

五枚目。本棚に並ぶ膨大な数の書籍と「山瀬古書店」と書かれた看板。

写真を見つめていると、後ろから声がした。新聞記事に集中していたので、三井は久須木が横にいることに気づかなかったのだ。

「どうせ合成写真なんだろ」

「なんとも言えないな。記事によると、この写真が撮られた日は、山瀬容疑者は勾留されていたらしい」

「誰かに頼んだんじゃないのか」

「捕まっているのにか？　ありえないな」

「じゃあ、ガセじゃないとお前は考えているんだな」

「ここは、政権べったりではあるが、ガセはほとんどない新聞だ。規律にうるさいぜ」

と、三井は新聞を指さした。

「不思議だな」

「ああ、俺もいまそれを言おうとしたんだ」

官邸がよくこんな記事を書かせたな、と久須木も三井も思っているのだった。官邸が白と言えば、事実が黒でも白と書く新聞なのだ。「御用新聞」と揶揄されているのだが、それはそれで存在感のある新聞でもある。

ところが、今回の記事は、本来の編集方針とは真逆だ。警察庁長官の任命権は国家公安委員会にあるが、内閣総理大臣の承認を得て任命するものだ。実質的に人事権は総理大臣にあると言える。

警察機構が黒とみなして山瀬善三を再逮捕したにも関わらず、この新聞は、その判断をおかしいと書いている。現政権に異議を唱えたということになる。

「政権も終焉に近づいてるな」

「アメリカさんが、ゴーサイン出したんだろう。それしか考えられない」

三井は久須木の言葉を反芻しながら、以前の勤務先だったＣＡＪのオズモンド編集主幹に尋ねてみようと思った。そして、この写真を提供したのは相川達也に違いないとも思った。

「おい、聞いてるのか」

と久須木の声が耳に響いた。久須木を見ると、新聞をひらひらさせている。見ると、硬派のライバル紙だった。久須木が指さしているのは国際面で、

米民主党キャサリン・オコンネル女史、日本の現政権を批判

との見出しが見えた。

「この女史、原発頼りは時代遅れだと言ってるな」

新聞を片手に持って、久須木は言った。

「アメリカさん、あんたたちが押しつけといて、時代遅れもないだろうよ」

と笑い、

「理由も何も書いてないな。アメリカでは原発縮小、というかすでにつくってないし、だからこそ、プルトニウムを得るために日本に再稼働を強要しているんじゃないか。これ周知の事実」

と言う。三井は久須木の言うことも分かるし、この記事の重要性にも気づいてはいたが、

「野党だから言えることだろ」

と、平然を装って返すと、久須木は珍しく表情を表に出して言った。

「それはそうだが、この女史、シャドー・キャビネットの国務長官だぜ。いくら非公式の場とはいえ、無意味な発言はしないだろう」

「どんな意味があると思う？」

三井が訊くと、久須木は再び無表情になり、

「この見出し、よくできてるな」

と言った。久須木の言葉の真意を図りかねた三井が、

「つまり、原発云々よりも、現政権批判が主たる目的ということか。いまの政権の何が気にくわないんだ。あちらの言うなりになっているんだぜ」

と言うと、

「表向きはな」

と答えた。

「駆け引きしているとでも言うのか？　アメリカに背《そむ》いて生き残った総理はいないぜ」

と、三井がたたみかけると、

「駆け引きというより、尻込みしてんじゃねえかなあ。つまり、かなり過酷な要求されて、いくら何でもそこまでは無理ですと泣きごと言うとか」

「無理難題はいつも難なくクリアしてきたが」

久須木の顔にようやく表情が出てきた。目が宙を見つめ、そうしたまま、

「今回の官邸事件な、単なる日本人のやんちゃ坊主たちの仕業じゃないという噂があるぜ」

「アメリカがやらせているとでも？」

「そうだ」

「何のために？」

「日本をねこそぎもらいたいからさ。中国に渡すくらいなら、俺たちがもらう、とな」

言ったあと、久須木は大笑いして去って行った。

中国嫌いの久須木の発言と考えれば納得はいくが、ことの本質は別のところにあるように三井には思えた。


官邸の動きがさらに慌ただしくなってきた。

この時期、議員たちはオフ状態なので地元に戻って、後援会を中心として地盤の強化を図るのが常だ。しかし、いまはそういったことはなく、大半の議員が東京にとどまっていた。大臣たちはゴルフに興ずることもなく、深刻を顔に貼り付けて歩いている。ぶら下がり記者たちは、大臣たちのコメントがとれないため、苛立っていた。書いてなんぼの世界だ。大臣が無言だと商売にならない。三井はその点、自由に動ける立場にあるので、好運にも、さる大臣から重要な話を聞き出すことができた。

官邸が慌ただしいというのは、いわゆる空気で感じ取るだけで、証明する何物もないのだった。しかし、おかしい。そんな感想を何気なくつぶやくと、某大臣は、

「アメリカさんが、お怒りなんだそうだ」

理由は？　と訊くと、

「金の使い方が気に入らんのだろうな」

「十分気に入られる使い方だと思いますが」

「後進国にばらまく金を、こちらに回せ、じゃねえのかな」

と、暴力団出身の大臣は大きな口を開けて笑った。

三井は、あることを思い出して、訊いてみた。

「米英の新聞に出た広告が影響してます？　先日のオコンネル女史の発言もありましたし。エネルギー政策の転換に歯切れ良くついてこいというメッセージでは？」

大臣は、口元を歪めて、

「ノーコメントや」

と言った。

「原発中心でがちがちに固められた構造を変革できる政治家がいるとアメリカは考えているのでしょうか」

「それは、人材豊富な我が党だ。いないはずがねえじゃねえか」

「アメリカの現政権も、どこかに圧力をかけられているという可能性は？」

「あんた、妙なことを言うなあ。フリーメイソンとかのこと言ってるのなら、記者やめた方がいいぜ」

「巨大な利権で動くアメリカが転換を図るんですよ。日本にも追随を要求するのは当然でしょう？　がちがちの構造を破壊できる人材を登用しろという暗黙の要求ではないですか？　国債の売り続出という現象もあながち一過性とは言えないのでは？」

大臣は三井をにらみつけた。そして、

「否定はせん。だが、あまり大きな声で言うなよな」

「大声出すときはいまだと思っていますが」

「政治というのはな、長い時間をかけてつくっていくものなんだ。野党議員には、口先だけの人間がごまんといるけどな、国民は白けているだけなんじゃないか。反対という言葉だけじゃ政治はできやせん」

「国民のことを思っているからではないですか」

「国民を思う気持ちは、わしたちの方が上だ」

「一揆が起きたらどうします？」

「起きる材料がないだろ」

「たとえば生活保護費の削減が発表されましたが、生存権を削り取るようなことが続けば、ありえますよ」

「そんときは、生保を上げておさめるから問題はない」

大臣は三井を厄介払いするように手のひらを動かし、巨体を揺すりながら去って行った。

チームの一員である中国通記者から着信があった。記者は、「いまいいですか」と言ったあとすぐにしゃべり始めた。

「中国が米国債をかなりの規模で売りに出し始めました。宣戦布告ですね。中国共産党に近い中国人が言うには、紙切れになる前に現金化しておくとか、物騒なこと言ってます」

電話が切れたあと、今度はチームのもう一人の記者から着信があった。経産省で原発政策を取材している記者だ。

「風向きが変わってます。一か月前までの再稼動の動きがぴたりと止まっています。ノンキャリは、再稼働？ そんなの無理や、と笑ってます。理由を聞いてみると、もう原発の時代じゃないだろうという判断やな、と。統制のとれた組織ですから、国が原発離れを始めたと見ていいかと思います」

「電力会社は猛反発だろう。曽根電が規制委員会や経産省にどう働きかけているか探ってくれるか？ それと、爆弾犯人との関連も、それとなく聞いてみてくれ」

記者は了解しましたと言って電話を切った。

話がうますぎる。

そう簡単に原発中心政策が消えていくはずがない。

一連の脅しをやっている犯人の要求がそこにあるということだけは分かった。それだけでも収穫だ。

勝又に電話してみたが、留守電に切り替わった。手が空いたときに電話ほしい旨の伝言を入れた。相川達也にも電話してみた。こちらも留守電だった。

三井は、山瀬善三の安否が心配だった。代用監獄として悪名高き日本の警察。最長拘束期間が二十三日と世界最長、他国は概ね一～五日だ。長いところでもオーストラリアの十二日だ。拷問で自白を強要しているというのは周知の事実。取り調べの可視化が進んでいるが、機器類の「操作ミス」が意識的に行われないとも限らないし、官権に都合の悪い映像と会話をカットすることも可能だと言われている。

人権もなにもないのだ。

着信音が鳴った。勝又からだった。善三のことを尋ねようと受話ボタンを押すと、勝又が一方的に早口でしゃべり始めた。

「いま相川はんと一緒なんやけど、三井はん、これから赤坂まで出てきいへんか。官邸と爆弾犯人の会話を傍受できたんや。三井はんにプレゼントするで。明日の一面飾ってくれると嬉しいな。相川はんも承知してはる。ガセとちゃうで、心配はあらへん。相川はんが言うには、交渉役は警察庁の毛利俊介という男やて。念のため声紋分析すればええで」

「一面確保するために、ひとつだけでいいからポイント言ってくれよ」

「C４設置済みやと犯人が言うとる」

「官邸にか？」

「官邸だけやないと言うとるで」

「犯人の要求は？」

「原発ゼロ宣言やて」

「宣言だけなら簡単だぜ」

「廃炉や。廃炉資金の具体的な調達先も提示してるで。曽根電現有資産の売却金、霞ヶ関各省の裏金、特別会計からの調達やて」

「まず無理だと思うが、そのやりとりはニュースになる。ただ、C4がブラフだったら、うちが恥をかくことになる」

「その心配はいらんで。いま官邸には爆弾処理班が詰めているんやて、起爆装置をはずす作業にかかってるんや。それを実況放送することも犯人は要求しとる」

三井は、背広を手に持って、社を飛び出した。タクシーの中で、部長に報告した。部長は、

「一滴でも水漏れしたら、うちはアウトだ。分かってるな」

「声紋鑑定の手配お願いします。それから、官邸の動き」

「おお、分かっとる」

部長の声は裏返っていた。


官邸での定例記者会見は、異様な空気に包まれていた。

「そういった事実はありません、官邸の安全に問題はない」

いつもの口調で言い張る官房長官に記者たちの怒号の槍が突き刺さる。

「爆弾処理班は引き上げたのですね。無事に切断できたのですか。詳細にご説明いただけますか」

「そのような事実はないと言ってます。いかがわしい記事を信用しないようにしていただきたい。いま、訂正と謝罪記事の掲載を要請中です」

「大日さんの朝刊に、犯人とのやりとりが具体的に出ていました。交渉役は警察庁の某幹部とあり、声紋が一致したと書かれてありますが、その点についてご説明願います」

「機械が万能とは限りません」

「霞ヶ関の省庁に機動隊車両が終結しているではないですか」

「あれは、安全のためで、爆弾の件とは無関係、まったく問題ない」

「長官、問題ない問題ないとおしゃいますが、C４が爆発したら、ここら一帯が瓦礫の山になりますよ。責任とって辞任じゃ済まない。市民が巻き添えになるわけですからね」

三井は二人のやりとりに聞き入っていた。会見内容そのものは別段興味を引くものではないが、三井が注目していることは、官房長官をやりこめている記者が、政権の御用新聞だということだった。

長官も質問者を見て、最初は余裕の表情だったが、途中から顔色が変わってきたのがおかしかった。

会見のあと、三井は御用新聞の記者の横を歩きながら、

「あんなこと言っていいのかい？」

と訊くと、

「もちろん、上司の指示さ。俺も言いたいこと言えてすっとしたぜ。俺たち、言いたくても書きたくても、言えない、書けないことだらけだったからな」

「気持ちは分かる」

「ありがとよ」

「社是が変わったか？」

「それはないが、社長がＯＫしているんだから、何らかの動きがあったっつーことだろ」

社に戻ると、部長が満面の笑みを浮かべて寄ってきた。

「よくやった！」

眉間の皺が消えているのを見るのは何か月ぶりか。

チームの記者がノートＰＣに向かっているのが見えたので声をかけると、

「経産省はカオスですよ。職員たちは皆、自宅待機となり、省を離れています。ノンキャリの話ですと、もちろん箝口令が敷かれていますが、省のビルがもぬけの殻になっているんだから、見え見えでしょう」

「Ｃ４の話は？」

「噂は流れているようです」

三井は旧知の機動隊員に電話を入れた。

「いま忙しいからあとにしてくれ」

「ひとつだけ。いま経産省にいるの？」

「余計なこと訊くな」

と電話を切られた。長いつきあいだ。三井の質問を肯定したと思って間違いない。電話を切るとすぐに着信があり、それは勝又からだった。

「三井はん、面白うなってきたやろ」

と笑う。

感謝していると言うと、勝又は、

「まだまだ出てくるで」と言う。「Ｃ４騒ぎは次は警察庁らしいで。偉そな警察官僚たちの泣きっ面、早よ見てみたいで」

「爆発したら大変なことになるぞ。笑いごとでは済まされない」

「そんなん、わしに言うても困るで」

「勝又くんは、犯人のめどはついているのかい？」

「知っとったら、もっとおもろい仕掛けができるんや。残念やけど分からんのや」

「相川さんは？」

「同じや。首を傾げとる。いまは善三おっさんの救出に必死に動いているところや」

「そうだった。山瀬さんはどうなってる？」

と訊くと、心配いらん、と言う。

「あれだけテレビやウェブ週刊誌で動画が流れたんや。いくら権力を持ったやつらでも、あれを偽物と言い張ることはでけへんやろ」

釈放は近いと勝又は言った。しかし、警察、検察は面子を重んじるところだ。そう簡単に自らの失策を認めるはずはない。

勝又に言うと、

「それは三井はんの言う通りやけどな、こういうときに頼りになるんが相川はんやで」

なるほどと思った。政財界に通じている相川達也。しかも小回りも利く。山瀬古書店に監視カメラを設置させたのは相川に違いない。検察の先を行く賢明さと行動力には恐れ入る。

そのスーパーマンの相川でさえ、今回のＣ４騒ぎの実態を解明できていないという。

「三井はん、テレビ見なはれ。おもろいのやってるで」

すぐに、スマホを耳に当てたまま、テレビが置いてあるフロアの隅に移動した。

曽根電源開発、粉飾決算発覚。経営陣の責任問題追及始まる

同じテロップが流れ続け、インタビュアーが街頭で街の声を拾っている。女子学生、サラリーマン、ＯＬ、初老の紳士。粉飾決算というものを理解していない者が大半だった。中には恥ずかしそうに手を横に振って逃げていく女性もいた。中には、新聞や週刊誌の記事が引き金になったのではないか、と言う者もいる。テレビによく出演する経営評論家は、それまで曽根電をはじめとした原発政策に援護射撃をしていたにも関わらず、突然豹変して曽根電の経営を批判し始めた。学問に裏打ちされた確固としたポリシーがあったわけではないことが露呈した形となった。

「どや？　おもろいやろ」

と勝又が言う。

「政府は曽根電を切ったな」

「そうや、日本が国策会社を切るんやからよほどのことやな」

と勝又は他人事みたいに笑った。

9

善三は激しい痛みに気を失いそうになりながら、検事の目を見る。

十五分前、血走った眼を善三に向けた検事は、横に座るもうひとりの男に目配せした。

男は、机の上に置かれたプラスチックのケースを開け、針を取り出した。昔、妻が繕いものをするときに使っていたものと同じ形状、大きさだ。

男は左手で善三の手をつかみ、右手に針を持った。蛍光灯の明かりを反射して鈍く光る針が善三の目の前にある。恐怖心を煽《あお》る効果はてきめんだった。男の無表情がさらに善三の気持ちを砕いていく。

度を超えている。

肉体的苦痛には耐えられると思っていた。しかし……

男が善三の左手中指を握り、針を指に近づけた。何をやられるのか理解した。背中から喉元に恐怖がじりじりとせり上がってくる。

男は表情を変えることなく、善三の中指の爪と肉との間に針を突き刺した。

針は徐々に、奥まで差し込まれていく。

悲鳴が聞こえてきた。自分の声だとは、善三は気づかない。

それまで維持してきた矜持《きょうじ》は、すでにない。

開き直りもできない。

恥ずかしさなどない。

涙も流れず、憎しみもなく。

複数の男たちにレイプされる女のような悲鳴を、善三は口から洩らし続けた。検事たちが唾を飲み込む音が聞こえる。

針は爪の奥深く入る。そして針五本が左手の五指すべてに深く差し込まれたとき、善三の心にあるのは絶望だけとなった。

最後の力を振り絞る。舌を出し、上下の歯で挟んだ。

妻の顔が脳裏に浮かんだ。あなたは立派だったわ。声まで聞こえてきた。

善三は、歯に力を込めて、一気に舌をかみ切った。

第四章　絶望の形

1

黒い海が広がっていた。

月明かりと漁《いさ》り火がときおり波頭を照らす。防波堤に当たる波の音が心地よい。風はなく、遠くで汽笛が聞こえる。静かな海だった。

「三井さん、こんな遠くまでご足労いただきまして、ありがとうございます」

睦美が小さな声で言った。

「平気ですよ、私は国内だけでなく、海外にもわずかな時間で出張してますので。それに、私の方も睦美さんにお聞きしたいこともありましたので」

「ここだと、人が来れば分かりますので、最も安全かなと思ったのです」

「そうですね。この長い防波堤は確かに安全です。海から潜水服を着た暴漢が突然現れる可能性もありますけどね」

　と笑うと、睦美も合わせて笑顔を見せてくれた。

「早速ですが、お話しいただけますか」

「いえ、三井さんの方からどうぞ」

　ではお先にと言って三井は話し始めた。睦美に訊きたかったのは、小野誠一のことだった。官邸デモをSNSで煽り、かつてないデモ参加者を集めた社会学者のことだ。あのデモ以来、小野は姿をくらましている。かつては、徹夜討論番組などに出ていたのだが、いまはマスコミに全く登場しない。三井は、小野に関して二つのことを想定していた。ひとつは圧力。大学から、権力から、そして双方から。もうひとつは、彼こそが爆弾犯人なのではという想像だ。

「あのとき以来、会っていません」

　と睦美は言った。

「噂とかは？」

「全く伝わってきません。小野さんと仲のよかった仲間に訊いても、知らないんだと困った顔をします。小野一人で運動しているわけじゃないからな、とも言います」

「亀裂が入ったのかい？」

「はっきり言って、そうです。もうばらばらです」

　仲間割れはよくあることだ。いちいち気にしていたら何もできない。睦美にそう言うと、

「迷惑でした」

と泣きそうな顔をした。巨大なエネルギーを発散したデモだった。一連の動きの前哨戦としては最も効果的だったと三井は思っている。しかし、睦美はそうは思っていない。中にいる人間と傍観者の違いなのか、あるいは睦美の目が見ている世界が小さいのか。

「小野さんに電話してみてくれないか」

「電話番号知らないんです。メルアドも」

「どうやって連絡し合っていたんだね」

「小野さんから電話です。私からかけることなんかないですから。小野さんの指示通りに動いていただけなんだということに気づいたのは、仲間たちが小野さんを非難し始めたのを知って連絡してみようと思ったときでした。あ、私は彼の連絡先を知らない、と」

「大学には?」

「講師稼業だったみたいで、すべてクビになったと聞きました」

「小野さんと一番親しかった人を紹介してくれないかな」

「私ですよ。原発をなくすために小野さんは力を貸してくれました。他の人たちは、単なる物見遊山です」

小野に関して睦美に訊くことはもうなかった。

二つのことを考えていたが、ひとつは当たり、ひとつは不明という結論になった。そして、不明のことが不明でなくなる予感がしてきた。睦美にそのことを言うことは控えた。

「では、睦美さんの話を聞きますよ」

睦美はすぐに話し始めた。

「何の根拠もなく人を疑ったりするのはよくないことだと思うのですが」

と前置きして、睦美は相川達也に対する不信感を口にした。

「デモの効果はありましたが、先ほどの話のように小野さんがいなくなりました。入手された原発の影響に関する資料の効果的な使い方も評価できるのですが、その後、国の政策に影響を与えたのか見えていません。そして、最も心配なのは、山瀬さんのことです。山瀬さんは二度も逮捕されました。相川さんは、私にまかせなさいとおっしゃったと聞きましたが、いまなお収監されています」

「山瀬さんのことは心配いりませんよ。監視カメラが山瀬さんとは明らかに違う人間の姿を映していましたし、その不審人物は爆発物の材料を山瀬さんの自宅の天井裏に隠しました。万が一、山瀬さんが起訴されて裁判になったとしても、この映像が検証されれば、山瀬さんの無実は証明されます。検察もそんなこと百も承知でしょうから不起訴となるのは確実ですよ。安心してください」

「それならいいのですが……」

レンタルショップにあった紙片のメモを読んで以来、三井は相川に対して睦美と似た気持ちをもっていた。しかし、睦美の疑念を払うのが先決だと思って相川を擁護したのだが、やはり睦美は納得していないようだった。無理もない。亡くなった新金東から山瀬のことを聞かされていたに違いない。本当の父親のように思っていたのかもしれない。

「話が元に戻って申し訳ないですが、相川さんのやり方よりも、いま世間を騒がせている爆弾犯の方がよほど理にかなっているのではと思ったりします。もちろん違法行為はよくありませんし、実際に爆発することになったりすると一般市民が巻き込まれる可能性もありますので、無責任なことは言えませんが」

「官邸との交渉に一歩も引いていないと言われています。箝口令が敷かれているので表立っては聞こえてきませんが、記者たちは断片を収拾していますから、ほぼ全体像は見えてきます。睦美さんが望んでらっしゃる原発ゼロの早期実現を公表しろと迫っているとのことです。原発ゼロのネックとなるのは、ひとつは雇用問題、ひとつは役人の天下り問題ですが、前者の方については具体的な提案までしているようですよ。後者については、生活者には無関係ですから、ネックとは言えませんが」

睦美は目を輝かせて、頷いたあと、

「爆弾犯って、誰でしょう」

と独り言のようにつぶやいた。

防波堤を歩きながら、

「潜水服の暴漢が現れなくてよかったですね」

と言うと、睦美が笑顔を見せた。

「ハリウッドの映画だったら絶対に出てきてますね」

「睦美さんは映画がお好きなんですか」

「ハリウッドは観ません。もっぱら昔の映画です。和洋問わずです」

「最近面白かったのは何ですか？」

睦美は、少し考えたあと、

「『暗殺の森』です」

「ああ、ベルトルッチの？」

「ご存じでしたか」

「ずいぶん前ですが」

「好きなのに女を裏切る。いや好きだからこそ、彼女の死を望んだのかも。私はそのように理解しましたが、三井さんは、どのように思われましたか？」

「殺人が主人公の人生を狂わせました。ファシズムという時代に迎合し、裏切り者となりました。私はあの映画を見たあと考えたことがあります。テロリズムは強い主義・主張や思想で成り立つと言われますが、本当にそうだろうかと思った記憶があります。映画にあったように精神的葛藤、出自、育った環境、受けた教育、人間関係など、極めて個人的な要素がテロに走らせる要素となりえるのではないかなと。いや、むしろ、そちらの方が大きな比重を占めているのではないかと思っています。そんなことを気づかせてくれました」

「いま起きている爆弾事件の犯人も、精神的葛藤、出自などが根っこにあるということですか」

「そうです。実に些細な理由かもしれません」

「犯人像が明らかになって、そういったことが分かれば、今回の事件は、現代版の『暗殺の森』と言えなくもないですね」

「確かにそうですね。時代背景としても、まさに『暗殺の森』です」

「ラストで、ムッソリーニ像が倒れますね」

「ファシズムの終焉ですね。現代版で言えば、原発安全神話の崩壊ということになりますか。必ずそうなるでしょう」

「ああ、なんだか勇気が湧いてきました」

睦美は、言葉に力を込めた。

防波堤のコンクリートが途切れたところで、睦美とは左右に分かれた。睦美は自宅へ。三井は予約している宿に向かう。しばらく歩いたあと振り返ると、睦美のスラリと伸びた両脚が三井の目に入った。珍しく今日の睦美はスカートをはいていた。

宿が見えてきたとき、スマホが震えた。ポケットから取り出した。メールの着信だった。

「検察がまた、へぼやりおった。もうすぐ記者会見が始まる。テレビ観てくれ」

政治部の久須木からだった。返信しようとしたとき、着信音が鳴った。勝又からだ。

「おっさん、自殺したで」

三井は宿に走り、部屋に飛び込んでテレビをつけた。

警察関係者なのか、記者団に向かって頭を下げている画面が映った。

「今回の件につきまして、深く謝罪いたします」

「取り調べは厳重な監視の下で行われるのではないですか。どうして舌をかみ切るという事態が起きるのか、納得のいく説明を願います」

「被疑者は笑顔を見せながら、我々の質問に答え、ときおり冗談を言うほどでしたので、当方に油断があったのかもしれません。それについては再三申し上げますように、監督不行き届きで言い訳の言葉もございません。ただ、一瞬のことでしたし、まさかにこやかに話している被疑者があああった行動に出るとは思いもしませんでした。まさに一瞬のことだったのです」

「容態はどうなんですか。助かる見込みは？」

「現在、集中治療室です。担当医の話ですと、非常に厳しい状態だということです」

「舌をかみ切っても死にはしないのではないですか」

「被疑者は心筋梗塞の既往症があり、血液凝固を阻害する薬を服用していまして、止血が困難だったのです。そのため、大量の血液を誤嚥《ごえん》してしまったということです」

三井は、先ほどまで一緒にいた睦美の言葉を思い出した。相川達也に不信感を持っていた睦美。

三井はというと、それをやんわりと否定したのだった。しかし、いまテレビが放映している現実は、睦美の言葉を肯定せざるをえないものだった。

相川は「山瀬さんのことはわしに任せなさい」と自信ありげに断言したのだから。

記者会見は続いている。テレビをつけたまま、相川に電話を入れた。

発信音が長く続いた。留守電にも切り替わらない。苛立ちながら三井は電話を切ろうとしたとき、声が聞こえてきた。

「三井くん、申し訳ない」

「どういうことです？　説明していただかないと納得できません。もし、善三さんが亡くなったら、どうしますか？」

「検察は嘘をついた。拷問したようだ。にこやかに、なんて真っ赤な嘘だ。これは、検察ルートから聞いた話だから事実だ」

「その話が事実ならば、善三さんが死にかけているというのも事実です。どちらの事実が重いかご承知ないはずがない」

「勝又くんにも、同じことを言われた。申し開きできない。許してくれ」

相川の謝罪の言葉を聞いて、三井の頭から血がすっと引いていった。

「言い過ぎました。相川先生がご尽力されていることを承知しながら、失礼なことを言ってしまいました」

「いや。悪いのは私だ。早く釈放されるように手を打つべきだったんだ。弁護士も、あの監視カメラ記録があったので油断していたようだ。私もそうだ。不起訴は間違いなく、すぐにでも釈放されると思っていた。今回のことで分かったことは、検察がおかしくなっているということだ。前からおかしいのだが、質の違うおかしさが見えてきている。良くない言葉だが、気が狂っているとしか思えない。冷静に考えてみた。検察が後先考えずにこんな暴挙に出たのはなぜかと」

「答えは出ましたか」

「官邸からの指示でしかない。つまり、山瀬善三という男がすべての黒幕だったというシナリオを作れという指示ではないかと思っている。普通では考えられないことだが、いまの政府がやっていることを見ていると、あながち間違ってはいない」

「対抗策はありますか？　相川さんだったら、官邸ににらみが利かせられるでしょう」

「冷静になればなるほど、わしの中の暴力のエネルギーが巨大化していくんだ。かつては人を殺したこともある。年齢とともに暴力からは無縁となっていたが、いま、復活したようだ」

「まさか……」

「中央合同庁舎第六号館を爆破するよう指示を出した」

「東京地検？　C４……ですか？」

「そうだ。事前交渉なしに爆破する。これは一人の人間を痛めつけて、自らの保身にだけ動こうとする人間のくずたちに対する復讐だ。わしは人格者でもなんでもない」

　C４を仕掛けた人間を動かしているのが相川達也なのか。具体的な話が出てきたのだから間違いないだろう。

果たして誰だろう？

おそらく三井の知らない裏の人間だと思った。人脈の広い相川のことだ。相川の指示に従って死をもいとわない人間も少なからずいるはずだ。相川の人脈は日本だけではない。C4となると海外からの調達も考えられる。うまくいけばいいのだが。山瀬善三の瀕死状態を思うにつけ、東京地検が爆破される場面が三井の脳裏に浮かんだ。

俺は何を考えているんだ！　相川との電話を切ったあと、三井は舌打ちした。爆破を止めるのが俺の役割ではないか。血迷うな。三井は言葉をひとつひとつ口に出し、興奮を鎮めていった。

2

三途の川を渡りきった先は、想像した以上の楽園だった。しかし、まだ身体全体が重く、口の中の疼痛《とうつう》がひどい。爪の痛みはなくなったが、頭痛がするのはどうしたことか。

ただ、死ぬ間際に感じた絶望感はいまはない。

善三は、自分の人生に悔いはなかったと思うことにした。本当は悔いだらけの人生だったのだ。ただ、自分の気持ちに正直に生きてきたことだけは確かだった。死ぬときでさえ、自らの意思を貫くことができたのだから幸せだったのだ。世の中には生きたいのに死んでいく人間が数多くいる。そういう人間たちを善三は数多く見てきた。

辛《つら》かったのは、兄・善一の死だ。笹田町町長を長く務め、笹田原発を誘致したのが兄だった。しかし、最後は反原発を唱えながら死んでいった。

兄の死が辛かったのに対して、新金東の死は辛さとともに悔しさだった。原発労働者として働き、末期癌になってからの日々を善三は見てきた。二人で黙ったまま善三の家で、あるいは新金のアパートで酒を飲んだ。亡くなったのは、笹田原発事故が起きた日だった。妻となった睦美に看取られながらホスピスで静かに死んでいった。

東くん、早く会いにきてくれないか。また一緒に湯豆腐でも食べながら酒を飲もうじゃないか。きみがつくってくれたインゲン料理、あれは最高だった。

きみが望んでいた原発ゼロが近づいているよ。私はその日を見ることができなくなったが、道筋をつける人たちと協力しあって実現の一歩手前まで進めてきたのだから満足している。きみとの約束だったからね。

善三は周囲を見回し、兄と新金東を探してみたが、二人の姿は見えなかった。

3

勝又の部屋は清潔で、整頓されているが、どことなく殺風景に見えるのは、広さのためだろう。三十畳のスペースにテレビ、ソファ、そして畳二枚分ほどのテーブルがあるだけだ。

テーブルの上にはこぼれ落ちそうなほどの機械類が乗っている。すでに電源がオンになっている。音がうなり、光が明滅している。

「座ってや。女は来いへんから安心してや。来るなと言ってあるんや。誰にも邪魔されることないで。その分、お茶とかコーヒーとかはセルフサービスになるけど我慢してや」

三井が部屋を見回していると、勝又は、

「監視カメラもつけてへん。もちろん、外に向けては高性能のんをつけとるけどな。すべての部屋を防音にしとるし、定期的に盗聴器発見調査もやっとる。昨日やってもらったとこや」

勝又はソファに座り、テーブルに置かれた機械を操作し、キーボードに何やら入力し始めた。キーを叩く音が心地よく三井の耳に入ってくる。脇にはスピーカーが設置されていた。そこから、

「何度も言わせるな」

ボイスチェンジャー特有の声が聞こえてきた。

三井は咄嗟に勝又の顔を見た。勝又がにやりと笑う。

聞かせたいものがあるで、と勝又から三井に電話があったのは今日の午後六時だった。八時にうちに来てくれへん？　と言い、住所を教えてくれた。

八時というのが何を意味するのか、そのときは分からなかったが、いまようやく理解できた。

「厳しい要求だし、しかも内容が多岐にわたっているので、そう簡単に結論は出ない」

「ため口でしゃべるな。お前は誰だ？　いつものやつを出せ」

「海外に行ってるので、私が対応する」

「名前は？」

「警察庁の毛利俊介」

「下っ端役人とは交渉はできない。総理を出せ」

「海外にお出かけだ」

「逃げたか」

「失礼なことを言うな。私が全権を任せられている」

しばらく間が空いたあと、ツーという機械音に変わった。

「切ったで」と勝又が言う。「足がつかんように、細切れにしとるんや」

「あまり中身のないやりとりだった」

と三井が率直な感想を述べると、「いまのは、そやな」と勝又は同意した。

そのすぐあとに、再び交信が始まった。

「基準の変更など、得意の閣議決定で可能なはずだ。曽根電救済措置の中止はどうなっている？何度も言わせるな。金融機関に融資をストップさせればいいだけだ。北朝鮮への経済援助削減をやるのと同じ程度の労力でできる。厄介な法改正などいらない」

「関係省庁、経済界など、了承をとる必要がある」

「時間稼ぎか」

「そういうわけではない」

「こちらは遊びでやっているのではない。すでに伝えた期日は過ぎている。多くの犠牲者を出すことになるが、かまわないのだな」

「いま、官邸から連絡が来た。超法規で対処するとのことだ」

「何度言ったら分かる？　法律は関係ないと……」

雑音が混じった。言葉を止めたようだ。

「手始めに実行することにした。中央合同庁舎第六号館だ。二時間余裕をやろう。職員を逃がせ。爆弾を探せ。三つのことを要求する。一つ、即刻マスコミに発表しろ。犯人から爆破宣言が出たと。二つ、六号館の周囲で報道規制はするな。三つ、キャリアは庁舎に待機しろ。決して逃げるな」

交信が途絶えた。三井と勝又は顔を見合わせた。

勝又がテレビのリモコンを持ち、スイッチを入れた。

「臨時ニュースです」というアナウンサーの声が聞こえてきた。

いま聞いたばかりのことをアナウンサーがしゃべっている。そして画面は東京地検が入る中央合同庁舎第六号館前に切り替わった。マスコミと機動隊の車でごったがえしている。ヘリが飛び、空撮された映像がときおり混じる。

「二時間はあっという間やな。三井はん、コーヒーでも飲むか？」

三井は頷いた。

勝又はコーヒーカップを二つ持って戻ってきた。三井は受け取り、ひとくち飲んだ。

「このくらいせんといかんのやな。犯人、ようやっとるで。俺たち、遠回りしたんかも」

勝又の顔がゆがむのを初めて見た。

二時間後、テレビ画面は、大音響とともに、二十一階建て六号館の真ん中あたりから火が噴き出し、ガラスと壁の破片が宙に飛び散る場面を映し出した。スローモーションで映し、空撮でも映した。特に、空からの映像は迫力満点だった。三井は言葉を失った。


翌日の大日新聞の一面は三井の記事が大半を占めた。ライバル各社がテレビに映った映像を中心に事実関係をただ羅列したのに対して、大日新聞は、官邸と犯人のやりとりを書き起こしたのだから、反響は大きかった。昨夜、部長に記事を見せたとき、渋い顔をしたのでボツを覚悟したのだが、社長がゴーサインを出したのだった。三井の気持ちは複雑だった。それは、日本は変わるという嬉しさでもあったが、アメリカが日本の舵取りを少しだけ変えたに過ぎないという事実を知っているからだった。

一面でいくぞと社会部長に言われたとき、三井は、

「官邸は大丈夫ですか？」

と即座に尋ねていた。

「社長は、圧力は当然かかるが、社をあげて徹底抗戦だ、とおっしゃってくれた」

こうなったら、行けるところまで行くしかないと三井は腹をくくった。

行き着くところ……当然、犯人との接触だ。インタビューで、犯人から今回の過激な行動の理由をはっきりと語らせたい。いまは見えざる犯人の言葉が紙面に載るとき、読者の目は言葉の一字一句に注目し、深く考える材料となるだろう。

久しぶりの高揚感だった。

非通知の着信があった。例の男だと思ったが、聞こえてきたのは勝又慎二の関西弁だった。

あのとき以来、犯人から官邸への連絡はないと言う。

「まあ、そのうち連絡してくるやろ。録音しとくから、三井はんは大船に乗っといてええで」

「また物騒なことが起こらなければいいが」

「そやな、今回は犠牲者が出えへんかったからな。ビルの一部が損壊したけど、ゼネコンの儲けになるから官邸は逆に喜んでるで」

と笑う。

犯人は、キャリア官僚だけは現場に残るように要求していた。人命に関わることだけに、すべての在館者を避難させた官邸の行動は正しい。犯人がそのことについて一昼夜経っても何も言及しないところをみると、最初から無駄な死者を出したくないと考えているのだろう。

記者会見で、官邸スポークスマンは大日新聞の記事を事実無根と非難した。大日新聞はデジタル版で音声での報道もしていたので、事実無根の根拠は薄れており、焦りもあるのか、記者の質問に理にかなった回答は出てこなかった。

記者からは当然のごとく、テロリストの要求に対する政府側の姿勢を問う質問が出たが、総理が帰国次第、緊急閣議を開くことにすると答えるにとどまった。フリーのジャーナリストから、官邸の危機管理のずさんさと、悠長な対応を批判する発言があったが、スポークスマンは顔色を変えることなく、国民の安全を第一に考えてテロリストの要求は断固として拒否すると宣言した。具体性に欠けるため、記者席でため息が漏れた。

法務関係が入る第六号館が狙われたことについて、山瀬善三の件との関係を問う質問も出たが、否定するだけだった。山瀬被疑者の容態についての質問にも、明確な回答は出てこなかった。

国債の売りは続き、日銀の買い支えは限界になってきていた。それまで楽観論で通していた経済評論家たちも、徐々にトーンを変えていき、「デフォルト」が頻出するようになってきた。

笹田原発事故に対する補償基準を見直せという犯人の要求がマスコミで取り上げられたことで、世論の風向きが変わってきた。米英の有力新聞に掲載された広告の話題がいまになって脚光を浴びてきた。堕胎と奇形に関するデータについての意見広告だ。今朝の朝刊には週刊誌の広告があり、見出しのトップは「**笹田原発事故は人類破滅への序章**」と書かれてあった。

勝又は、

「結局、一番効果があるんは暴力やな」

と言った。三井は肯定も否定もせずに黙っていた。勝又は続けて、

「三井はんの立場では、言えへんわな」

と笑う。

勝又が何気なく発した二つの言葉が重い。暴力と立場。

三井は勝又に質問してみた。

「犯人は、どんな立場なんだろう?」

「分からんなあ。ただ、暴力オタクのテロリストではないことだけは確かやで」

「大義があることは分かる。国策に異議を唱えているんだからな」

「おもろい犯行声明もあったやん」

「愛国心を持つなら地球に持て。魂を国家に管理させるな。ジミヘンの言葉」

「結局、考え抜いて、暴力でしか解決でけへんと思うたんとちゃうやろか」

「プラスチック爆弾で霞ヶ関を破壊するなどという暴挙を実行するには、相当なエネルギーがいる。何がそうさせたのか、俺には分からないんだが」

「わしが暴力ふるうときは、胸くそ悪いときやな。こいつをたたき殺したいと思うときや」

「国のやり方が気にくわないから?」

「わしはそやけど、プラスチック爆弾の犯人は、それだけやない気がするで」

「私怨《しえん》か?」

「なんや、それ?」

「個人的な恨み」
「ちゃうな」
勝又は言下に否定した。

4

周囲をもう一度見渡したが、兄と新金東の姿はやはり見えない。四季おりおりの花々が季節を超えて咲き乱れている。心が豊かになるのは、口内の痛みが消えたからだろう。わずかな頭痛が残ってはいるが、それも癒える予感がする。

善三は、生前の自分を振り返ってみた。

なぜ辛いことばかりやってきたのか。曽根電社員として生きていく道を選択することもできたはずだ。国策会社に逆らったばかりに、結局は拷問を受けて自死を選ばざるを得なかった。

笹田原発事故以来、善三は原発に関する書物やネット情報を片っ端から読み漁った。曽根電で自分が辿ってきた道を否定・非難せざるを得ないことが数多くあることを知った。その中のいくつかは、何度も読み返し、いまでは言葉のひとつひとつをそらんじることができる。

死してなお、これらの言葉を口に出す自分をおかしく思った。同時に自分がやってきた苦難の道は間違いなかったのだと思えるのだった。善三は咲き乱れる花の虹に抱かれながら、記憶に刻まれたひとつひとつを言葉にしていった。

——ABCC（原爆傷害調査委員会）による二つの調査は、原爆投下時妊娠中だった母親から生まれた子供たちの、先天性奇形に焦点を当てている。最初のものは、子宮内で被曝した、五歳になる二十五人の子供達についてだった。対照群のない臨床検査によると、二十四人（十二パーセント）に異常があり、そのうち六人（三十六パーセント）の小頭症の事例は、精神年齢の低さと関係があった。もうひとつの調査は知的障害についてだった。そこには小頭症も含まれていたが、先天性奇形には注目されていなかった。調査グループは、妊娠期間のさまざまな段階で原爆の放射能に被曝した、千六百十三人の子供たちで構成されていた。深刻な影響は、初期段階で生き延び、排卵後八週から十五週、十六週から二十五週で被曝した子供たちに見られた。すなわちそれは、認識機能の低下、重度の知的障害、頭囲の減少、明らかな小頭症である。

——もし、国が「避難の権利」という概念を明確に示していれば、状況は大きく違ったはずだ。チェルノブイリでは、強制的に移住しなければならない地域以外に、放射線量によって「移住権利対象地域」（＝そこから移住した場合も住まいなどの保障がある地域）というものがある。——日本では結局、原発からの距離によって避難指示区域が設定され、それ以外の地域で避難の権利などに触れられることはなかった。現在は放射線量によって帰還の時期を決める方向に動いているが、一時だけでもそのような概念が導入されていれば、これほどの分断を生むことはなかったのではないだろうか。――「避難してもいいと言われていたら、どれだけ楽だっただろう、そうすれば、すぐに戻ることもできたかもしれない」

――そもそも論で物を言わせてもらうと、賠償に関わる基準とその賠償額を加害者である曽根電が決めること自体がおかしい、マスコミも被害者と加害者との関係性を明らかにすべきである。

――政府は二〇一三年十二月下旬、早期帰還者に賠償を上乗せすることを正式に発表した。自宅の修繕などを行う際にも費用の賠償を行うという。ただし、同時に、避難指示が解除されれば一年後に賠償を打ち切ることも併せて明記している。帰還する人のうち、希望者には個人線量計を配布し、自分で放射線量を管理してもらう。お金を盾に被曝のリスクを自己責任にすり替えるやり方だ。

――この国はすぐに忘れる。いまだって本当のことは隠されている。これだけの被害をもたらした原発をエネルギーだ、経済効果だと騒ぎ、再稼働の話が進む。笹田町民はおとなしいだとか我慢強いだとか言われるが、そうでねぇっ！

5

「主人から離婚届が送られてきました」

横峰の妻・美佐子から電話があった。横峰の印鑑が押されており、美佐子が押印して役所に提出すれば離婚は成立する。封筒に差出人の住所は書かれておらず、「横峰道夫」と美佐子が見慣れた文字で書かれてあるのみ。消印は赤坂だという。

「離婚届は保管しておきます。主人が生きているというのが分かったので安心しています」

「警察へは知らせましたか」

「はい、黒木さんに報告しました」

生活安全課所属の警察官だ。黒木の反応を訊くと、

「すっかり忘れてらっしゃったようでした。そんな印象を持ちました」

電話を切って、勝又に電話をかけた。横峰の離婚届のことを話したあと、相川達也との数日前の会話を伝えた。つまり、相川達也が爆弾犯をコントロールしていると思えたことを。

「わし、善三おっさん、相川はんがやっていることと、爆弾犯は別物やで。それに、その横峰とかいう男は相川はんにデータを流した男を痛めつけてくれと頼みにきたんやろ、しかもそれだけではのうて、データを金にしたやつやないか。そんな裏表のあるクソ男が爆弾犯であるはずがないで、

相川はんもそんな輩を信用するほどぼけてはおらへんで」

「確かにあんたの言うことは正しい。実際、俺が知っている横峰という男は原発礼賛者だから、あんたたちと水と油だ」

「そやろ」

「単に横峰は、立場を利用して入手したデータを金に換えただけの男なのかなあ」

「そや。それしかあらへんで。その金を銀座のママにつぎ込んどるんや。そのなんとかママは美人なんか？」

「個性的だ」

いま、このみママのことは関係がないので、三井は勝又の問いにあいまいに答えただけだったが、いまの会話で思いついたことがある。横峰と伊地知兄との関係がまだ解決していなかった。二人の間にどんな諍《いさか》いがあって、殴り合いに発展したのか。

「勝又くん、そのママに会ってみるかい？」

「その女の個性がわしの個性と一致するんやろな」

「このみママの好みは、金持ちかイケメンか、その二つだけだそうだ」

「ほな行こか」

勝又は長くキャバクラの仕事をしていただけあって、クラブこのみのホステスたちの視線を集めた。入れ替わり立ち替わりホステスがやってきて、言葉をかけていき、それに対する勝又の返答は当意即妙だった。店の空気が変わったのを察したママが遠くから見ている。ママと勝又を引き合わせるにはベストタイミングだと思った。三井が立ち上がろうとすると、ママの方が先に動き、こちらにやってきた。

ママは三井に「ご紹介してくださいな」と言った。

勝又は立ち上がり、ママに名刺を渡しながら、

「三井はん、この個性、気に入ったわあ」

と大声を出し、きょとんとしているママを抱き寄せた。

「わし、長いことマンハッタンにおったんや。それでも大阪弁、忘れてへんで。ママはどこの生まれ？」

「京都どす」

「見えへんな」

「どこの生まれに見えました？」

勝又は、うーんと唸り、考えるふりをしたあと、

「笹田町」

ママは黙ったままだった。

「ねえ、個性ママ、この店には曽根電の偉いさんは来いへんの？」

「いらっしゃいますよ」

「横峰はんの他にも来るん？　役員は来いへんやろ？」

「いらっしゃいますよ」

「原発事故で人に迷惑かけとるのに、偉いさんは遊んでるんか、ええなあ、うらやましいわあ」

「あれは想定外の津波のせいですから。曽根電さんが悪いわけじゃありませんのよ」

勝又は、そこで笑うこともせずに、

「三井はんに聞いたんやけど、横峰のおっちゃんと、なにやらいかがわしい記者が喧嘩したそやな？」

と直球を投げた。続けて、

「銀座の一流クラブで殴り合いなど不届きなやっちゃな。曽根電に損害賠償してもろうたんか？」

「喧嘩した二人は出入り禁止処分で済ませてあげましてよ」

「横峰のおっちゃん、ママとできてるんやそやな」

すでにソファに座ってママを見上げる形で話す勝又は、横にいるホステスに、

「ルージュも知っとるやろ？　ママと横峰おっちゃんのこと」

訊かれたホステスは聖子という源氏名だが、おそらく真っ赤な口紅が目を惹くので、ルージュはぴたりとはまった。

「ルージュ、男と女のこと、あまり知らないのよ。教えてくれる人いないし」

勝又はホステスを無視して、ママを見上げ、

「横峰は、なんで怒ったん？」

勝又は表情を変えている。真剣な眼差しでママに訴えるように見つめるので、ママも表情を緩めて、

「よくは分からないんだけど、確か喧嘩になる前に、しつこくプライベートに踏み込んでくるな、これ以上やると訴えるぞ、みたいなこと言ってたわ」

「なんのことやろな？」

「横峰さんの育った環境のことだったみたいよ」

「母子家庭が悪いんか？」

「あら、あの方、母子家庭なの？」

話はそこで終わり、勝又は笑顔を振りまいて、ママにドンペリを追加注文した。

三井は勝又を連れてきてよかったと思った。横峰と伊地知の喧嘩は、横峰の出自が関係していたことが分かったからだ。伊地知が追いかけていたネタは何だったのか？　横峰は一介のサラリーマンだ。曽根電社員と言っても、原発とは違う部署。追いかける理由としては薄い、というよりほとんどネタとしての価値はない。しかし、伊地知は横峰を追いかけ、そのしつこさに、横峰がキレた。

三井はそのとき、あることを思い出した。「吉高」という苗字だ。

学生の頃に横峰が住んでいた赤坂のマンション二〇三号室のいまの住人が吉高だった。そのと

きは気づかなかったが、吉高という珍しい苗字で思い出すのは、吉高国士という公安の生みの親だ。確か旧内務官僚で公職追放になり、戦後返り咲いたと記憶している。

「三井はん、浮かない顔しとるやんけ」

勝又がホステスの頭越しに話しかけてきた。ホステスに席を替わってもらい、いま気づいたことを話した。

「その話、三井はんに言わんかったなあ。善三おっさんと相川はんのことをいろいろ調べて分かったことがあったんや」

どんなことだと訊くと、華麗な吉高一族のことを説明してくれた。

「相川さんが吉高一族なのかい？」

「ちゃう。相川はんやのうて、奥さんの桃子さんや。あのおなごの本名は吉高桃子なんやそうや」

三井は驚き、渋谷レンタルショップでのメモ書きが事実だったのだと知った。

公安筋、最高裁判事、原発企業と関係する吉高一族。その中に品川桃子がいるのだ。当然、相川達也は桃子の意を汲んだ動きをしているに違いない。

思いを巡らしていると、勝又が口を開いた。

「でもな、桃子はんのおとっつぁん、笹田原発事故の犠牲者なんやて。それ以来、ごりごりの原発反対の人になっとるんやて」

「じゃあ、赤坂のマンションにいる吉高は横峰とは無縁だな」

「それは分からへんで、関係あるかもしれへんし」

「横峰は、原発のことで俺と殴り合いしたほどの推進者なんだぜ」

「そやから、その赤坂の住人に会うてみんと真相は分からへん言うとるんや」


三十分後、三井と勝又は赤坂レジデンスフォーレ二〇三号室にいた。

「三井さん、お久しぶりです。ご立派になられて、嬉しいですよ。その節は、道夫が大変お世話になりまして、ありがとうございました」

横峰の母は、三井のことを覚えていた。当時の非礼をわび、勝又を紹介し、突然訪ねてきた理由を説明した。横峰の母は、「複雑な事情がございまして」と前置きして話し始めた。

「道夫は品川桃子の息子なのです。私は桃子の妹で、横峰家に嫁ぎまして、ここで生活しておりましたが、桃子が相川さんの子を産んだということで悩んでおりましたので、私が養子として道夫を引き取ったのです。桃子は当時映画に夢中でしたので、育てることは難しく、またこういったことはファンをなくすことになるという心配もございました。当時、私は夫と死に別れ、寂しい思いをしていたことも、道夫を引き受けた理由のひとつでもあります」

「そういう事情があったのですね。そのことは横峰くんも知っているのですか」

「いえ、まだ乳飲み子のころから、私たち夫婦で育ててきましたので、何も知らないのです。知らせようとも思いませんでした」

「最近は、横峰は顔を出さないのですか」

「曽根電に就職して、家を出て一人住まいを始めましてね。その頃は、よくうちにご飯を食べに来たりしてくれていたのですが、私に縁談が持ち上がりまして、道夫にも相談したんです。喜んでくれましたが、やはり不満だったのでしょうね。それ以来、うちに来ることはなくなり、いまではどこに住んでいるのかも知らされていないのです」

「横峰の奥さんと会われたことは？」

「結婚したことは風の便りで知りましたが、結婚式にも呼ばれず、奥さんとお会いしたこともありません」

「桃子さんは横峰の消息をご存じなのでしょう？」

訊くと、横峰の母は悲しい顔をして、

「実は姉とも音信不通なのです」

「今日はご主人はお仕事ですか？」

元気を出させようと話題を変えてみた。

「実は、主人は三日前から入院しているんです。心臓が弱かったのですが、血栓が脳に飛びまして」

「それは大変ですね」

逆効果だった。

お大事にと言って辞去した。横峰の母と話しているあいだ、勝又はひとこともしゃべらなかった。

赤坂の繁華街で英国風パブに入った。

ビールを飲みながら、二人とも考え事をしていた。周囲は日本人が六割ほどで、あとはイギリス人のようだった。

「イギリス英語は苦手や」

勝又が言うので、三井も同意した。

「おおらかさがないやろ？　さっきのおばはんみたいや」

「横峰の母親か？　まあ、旦那が入院中だから仕方ないな」

と言ったが、勝又は返事をせずに、ビールをがぶ飲みした。

「相川はんの事務所に行ってみよか。近くやし」

「横峰のことと吉高一族の件は話さない方がいいぜ」

「おうよ、分かっとるって」

勘定を済ませて、相川の事務所に向かった。

そのとき、三井は後方に人の影を感じた。人通りの多いところゆえ、逆に一般の通行人とは違う動きは目立つ。

「尾行されているようだ」

と言うと、勝又は、

「さっきのマンション出てからずっとやで」

と答えた。

「どうやってまく？」

「そんなん、三井はんの方が得意とちゃうの？」

「実は、長い間ずっと尾行されていたんだ」

「ほうか。何やろな」

勝又は大股で歩きながら、視線を左右に動かしている。

「ファミマの前に看板持ちがおるやろ？　あの男に話しかけるよって、三井はんはファミマに入ってくれへんか。雑誌コーナーで週刊誌見るふりして、様子うかがってや。この人混みの中やから、危ないことにはならへんで」

三井は勝又の言う通りにした。一人二人と通り過ぎるが、怪しい人間には見えない。勝又は歩いてきた方に顔を向けて、看板持ちと話している。冗談でも言っているのか、看板持ちが腹を抱えて笑っている。勝又も笑いながら、看板持ちの耳元に何かささやいた。看板持ちは一瞬真顔になったが、再び笑顔に戻った。

それからすぐのことだった。

歩いてきた中年の男の頭に看板が落ちてきて、男はその場にうずくまった。看板持ちが持っていた看板は鉄製の支柱に布がひらひらしているタイプで、その支柱が男の頭を直撃したのだった。すかさず、勝又が男に近づき、助け起こそうとした。男はかなりの衝撃を受けたようで、容易には立ち上がれない。男が痙攣した。勝又が男の身体をマッサージしている。看板持ちに何か言い、すぐに二人で男を抱えて歩き出した。十メートルほど離れたビルの外付け階段を下りていく。看板持ちが誘導しているようだったので、そのビルに看板持ちの勤め先があるのだろう。駐車場か、あるいはゴミ収集場でもあるのかもしれない。

二人の姿が見えなくなるとすぐに、三井は週刊誌を棚に戻し、急ぎ足でコンビニを出て、男が倒れていた場所に行き、そこに落ちているものを拾いポケットにしまって再びコンビニに入り、右手にあるトイレに入った。

名刺入れとスマホだった。

名刺入れに、横峰道夫の名刺が入っていた。スマホの電話の履歴を見た。そこにも、横峰の名前があった。

6

身体が徐々に軽くなるのを善三は感じていた。死の世界をこうやって意識をもって見ることができるとは思いもしなかった。死ねばそれで終わりだと思っていた。宗教教育を受けたことがないのも理由のひとつだった。つまり善三はあまりにも現実だけを生きていたということになる。未知の世界に無知だったのだ。

　身体が楽になるに従って、記憶があいまいになっていく。指の爪と肉の間に針を突き刺されたと記憶している。しかも五本だ。検事か警察官か知らないが、奥の奥まで突き刺して笑っていた。

　治安維持法の下に特高が幅を利かせていた時代とは違うのだ。

　旧式の、しかもあれほどむごたらしい拷問をまさか現代の検察が採用するはずがない。となると、善三の妄想だったのか。いやそんなはずはない。誰も見ていないのだから、何をやっても表に出ることはないという奢《おご》りがあるはずだ。司法のあり方に常に疑問を抱いていた善三は、確信をもって事実であったと思う。

　激痛の中で、そして死の淵をさまよっているとき、一緒に動いた仲間たちの顔が次々と現れた。計画は着々と進んでいると、みな明るい顔で語ってくれた。それが拷問に耐えられた理由でもあったのだ。

　三井記者には彼の仕事柄、書かれたくないことも多いので、あまり情報を提供していないが、相川達也と勝又慎二とは強力なタッグを組んだ仲だ。二人の力は大きい。日本を転覆できる頭脳、人脈、資金力、度胸、そして真の愛国心を持っている。

　相川達也の顔が浮かぶと、おのずと横峰道夫のことを思い出す。

　横峰は相川達也と品川桃子が実の両親だということを知らないという。本当だろうか。そのことについて訊こうとすると、相川も桃子も固く口を閉ざしてしまう。

そして、善三があれだけ反対したのに、なぜ相川は横峰を前線に出そうと決意したのか。息子を犯罪者に仕立てるという気持ちが善三には理解できなかった。

しかし、いまはなんとなく分かる。相川は横峰とともに死へ向かって疾走したかったのではないか。

疾走は死に至るまで続く。相川達也は必ず腹に銃弾を打ち込むだろう。それは相川を知る善三が自信を持って言えることのひとつだ。

生存中のことを考えると、涙が出てくる。早く、兄と新金東に会って、酒を飲みながら話をしたい。話すことは山ほどある。

しかし、兄と新金東の姿はまだ見えない。

7

勝又は、看板持ちに数枚の万札を渡して、

「意識取り戻すまでこいつの面倒見てくれへんか。目が覚めたら、すぐに立ち去るはずやから、心配ないで」

看板持ちは、万札をポケットにしまいながら、

「任せてください」

と言った。

三井は男の持ち物であるスマホと名刺入れを看板持ちの男に渡し、

「戻しておいてもらえますか。倒れたときに落としたようです」

「はい、お預かりします」

と看板持ちは答えた。

三井と勝又はその場を離れ、相川の事務所へ向かった。

向かう途中、勝又はポケットから取りだしたものを三井に見せた。

「これや」

スタンガンだった。

「尾行の男の意識を瞬間消してポケットを探ったんや。どんなやつか知りとうてな」

相川の事務所があるビルに着き、エントランスの階段に足を掛けたとき、勝又が、

「ほんまもんの尾行がいるで。さっきのはダミーやったみたいやな」

小さな声で言った。

「どんなやつだ？」

「顔かたちは分からへんけど、背が高いな。痩せ型」

「横峰だな」

「わしは見たことあらへんし」

どうしようか迷ったが、勝又が、「勝手に追いかけさせとけばええんとちゃうか」と言うので、振り向かずに階段を上った。

「もひとつ、三井はんに言っておくことがあるんや」

「……?」

「尾行の男は、さっきのマンションを出る前から貼り付いとったんやで」

「勝又くん、どうしてそんなに目がいいんだい?」

「これや」

と、勝又は耳から何かをはずして三井に見せた。ミニサイズの補聴器のようだった。

「わしはアメリカにいるときから、一人で外出などせえへんねん」

なるほどなと思った。無法地帯で生きてきた人間はさすがに違う。右端を見ると、背の高い青い目の男が電柱の陰で煙草を吸っている。

「横峰には手を出さないように言ってくれよ。ただ、これから横峰の行動を逐一報告してもらうことは可能かい?」

「わし、アホちゃうねん。もう指示しとるがな」

話し終わったとき、相川事務所のドアの前に着いた。

相川に確認すべきことは、二つあった。

ひとつは、横峰が相川夫婦の子供であるかの確認。

もうひとつは、横峰にテロをこれ以上させないように頼むこと。

ひとつめについては、相川はあっさりと認めた。ただ、横峰には話していないという。

「横峰は相川先生が実の父親だと知ったから協力しているのではないのですね」

「違うよ。彼が例のデータを持ってきたとき、すぐに意気投合して、いまの日本を、いや世界を変えようということで意見が一致したんだよ。一致するまで激しい議論が続いた。その結果として今回のことを決行するに至ったんだよ」

「実の息子をテロリストにして、何が嬉しいのですか。罪悪感はないのですか」

「理不尽なテロリストではないからな。それに、三井くんは納得しないかもしれないが、時代をリードしてきたのは暴力だよ」

三井が反論しようとしたとき、ベランダから戻ってきた勝又が三井の二の腕をつかんだ。

「やめときいな」

目が笑っている。さっきから何度か席を離し、ベランダに出たり入ったりしている。

「そろそろ帰ろや」

目配せしたので、三井は頷いて立ち上がった。

相川は引き留めることなく、

「またおいでなさい」

と言って、見送ってくれた。

ビルを出るなり、勝又が言った。

「相川はんより、いまは横峰やで」

「それはそうだが、息子の暴走を止められるのは相川さんくらいしかいないだろう」

「そんな話、どうでもええ。さっきから秘書が重要な情報を流してくれてるんや」

「横峰がどうかしたか」

「C４設置したんやて」

「どこに？」

「官邸や」

「どうやって分かったんだ？」

訊くと、勝又はポケットからボイスレコーダーを出して、

「これや」

と言った。

「さっきの尾行男のポケットに盗聴器入れといたんや」

「秘書と言うのは、盗聴器のことか？」

「そや」

勝又の二重三重の仕掛けには舌を巻く。アメリカで鍛えられたものだろう。

盗聴器が拾う会話は勝又の耳に入っている受信器に伝えられ、さらに自動的にボイスレコーダーに録音されるそうだ。

「尾行男と別の男が官邸へのＣ４設置に成功したと話しとるで」

と言い、耳から受信器を外して、

「聴いてみい。相手の男は横峰とちゃうか？」

受信器を耳に入れてみた。会話が鮮明に聞こえてくる。そして、声の主は勝又が言った通り、紛れもなく横峰だった。三井は受信器を勝又に返して、

「横峰に間違いない」

と言った。勝又は、盗聴器で仕入れた情報を話してくれた。

「大日新聞の記者から盗んだ入館証を使うて何度も官邸に入り、ようやく設置できたそやで。改装工事業者に金をつかませて、亀裂部分を修復する際に埋め込み、上からは簡易な塗装をしてカモフラージュしたんやて」

「盗んだ入館証」と聞いて、久須木の顔が浮かんだ。いつだったか、入館証を入れたパス入れを紛失して始末書を書かされたと言っていた。

さらに驚いたのは、横峰が自分の実の両親が相川夫妻であることに気づいたということだった。育ててくれた母親のマンションに仕掛けた盗聴器で知ったと発言していた。つまり、三井と勝又が横峰の母親から聞いた話が横峰に伝わったということだ。

それは、横峰が育ての母のマンションにしのび込んだということを意味する。

「それ、ちゃうで」

と勝又が言う。

「横峰は、母親のマンションをアジトにしているんやろ」

そちらの方が話としてはすっきりする。部屋がいくつもありそうだった。その一室で、官邸爆破のコントロールをしているのだろう。

勝又の「秘書」からの情報はもうひとつ重要なことを教えてくれた。勝又が言う。

「面白いこと言うとるで。三井は必ず俺の実の両親を見つけてくれると思っていた。時間を割いて三井を尾行し続けたのも無駄ではなかった。そう言うとる」

実の親を知りたいがためだったのか。誰も教えてくれない。横峰はそのもどかしさを早く解消したかったのだ。

三井は、横峰の心情が少しずつ分かり始めてきた。

勝又と三井の意見は分かれた。

勝又は、

「わしと相川はんは、海外の人脈を利用して日本の価値を落とそうとしてきたんや。国債売り、土地の汚染、原発事故の人体影響データ。地道に流し続けて、日本政府が政策を転換せざるをえないところまで追い込むこと、それが目的やった。うまくいっていると思うとるで。しかしやで、爆弾で根底からぶち壊す人間が出てきた。このわしかて尻込みすることを平気でやるやつがな。しかも、爆弾男が相川はんの息子とはなあ。偶然とはいえ、恐れいったで」

「では勝又くんは官邸爆破で脅すことに賛成しているのかい？」

「おうよ。度胸のあるやつはやればええ思うで」

「爆弾では何も解決できはしないぜ」

「それはやってみんと分からへんよ」

「いくら実父と言えども、相川さんが息子の過激な行動を支持するのもどうかと思う。相川さんほどの人間が、爆弾での脅しが人間に不幸をもたらしはしても、決して世の中をよくすることはできないということを知らないとはな」

「相川はん、もともと暴力好きなんやろ。それでのしてきたんやから」

「個人的な暴力と、今回のケースは違うだろ」

「三井はん、ひとつ訊くけど、もし爆弾犯が横峰やなかったら、それでも反対なんか？」

「当たり前だ。テロは非道だ。人間の道に反することを手段にする安易な考え方が許せない」

「わしは勉強してこんかったから、なんとも言えへんけどな、アメリカなんてテロで成り立っている国やで。アメリカだけやない、世界中のどの国もテロで国の威信を保っとるやんけ」

「だから、そこが嫌いだと言ってるんだ。テロはテロを生む。永遠に続くぜ」

「今回は脅しの手段でしかないんやから、ええんとちゃうか？　実際にスイッチ押さへんのやで」

「すでに六号館を爆破してるじゃないか」

「死者もけが人も出てへんで」

「今度は必ず出る」

「それもええんちゃうか。生きていてもしょうもないやつ、ごろごろおるやん」

「同じ人間だ」

「三井はん、あんたアメリカの新聞社で働いていたくせに、いやに考えが甘いな」

「性分だし、信念でもあるから、それだけのことさ」

「死刑やめろ、死刑は必要や、というのと似とるな。両方とも信念があるんやろ」

「信念は曲げられない」

「しかし、三井はんの思いは横峰には通じへんよ」

「残念だが平行線だな。で、勝又くんは横峰に官邸を爆破してほしいのか」

「それがベストやと思い始めたんや」

「いい結果になるとは思えない。厳しい時代に入っていくよ。権力側に利用されるだけだ」

「そやろか。官邸爆破で、世間は目覚めるんとちゃうか」

「さっきの言葉を返そう。勝又くんは甘い」

「なんでやねん？」

「権力はテロを逆手にとって締め付けを強化していく。暗黒の世の中にしていくのが為政者としては楽なんだぜ。犠牲者が多数出るだろう。すでに、山瀬さんがやられているじゃないか。考えてみろよ、あの気丈な山瀬さんが舌をかみ切ったんだぜ。よほどひどいことをされたとしか考えられない。警察、検察が言っていることは、すべて嘘だと思っている。万が一、山瀬さんが生還したら、すべてを聞き出し、俺は権力側を告発するつもりだ」

勝又はそれ以降、答えなかった。沈黙が続いたまま、二人は別れた。勝又はタクシーに乗り、三井は地下鉄の階段を降りた。

三井は改札の前でくるりと向きを変え、同じ階段を今度は上った。

横峰の母親が住むマンションの前に立った。エントランスの磨き抜かれた床面を照度の高い灯りが照らしている。学生のころ、豪華なマンションに住む横峰をうらやましく思っていた。マンションだけでない。美しい母親を持ち、抜群の成績で学長賞を受賞した横峰のすべての環境に嫉妬していたことを思い出した。

しかし、三井は横峰の口から吉高一族の一員だと聞いたことはない。原発のことで殴り合いをしたほど、考え方が百八十度違っていたので、言えなかったのだろう。なにしろ、公安の生みの親、原発企業の総元締め、反動的判決を下す最高裁判事と、世間から見れば名門と映るかもしれないが、三井からみれば悪魔の血筋だ。三井の信念を知っている横峰は、だから一族のことを言えなかったのだ。

その一族に笹田原発事故の犠牲者が出た。吉高桃子の父である。信念を変えるには十分な理由となる大惨事。横峰は、おそらくそのことで悩みぬき、曽根電社員として原発を見ていた判断の針が、プラスからマイナスにぶれた。

そうなると、机上の空論で原発反対を唱える者よりも、反応は強く出る。

三井は、横峰の母親の部屋の前に立ち、ドアフォンを押した。

ドアの隙間から顔を出したのは横峰だった。

8

機械音がうるさい。人の声もする。せっかくの静かな眠りを邪魔されて、善三は苛立ちながら目を開けて周囲を見回した。四季の花々が咲き乱れている。人の気配はしなかった。善三は失望した。心地よい場所で惰眠をむさぼることは至福ではあるのだが、いまの善三の望みは兄と新金東に再会することだけだった。

生きていたころの忌まわしい記憶が再びよみがえってくる。

悔いが残ることがあるとするならば、取り調べのときに伊地知の名前を出してしまったことだ。

爪に差し込まれる針の拷問より、断眠拷問の方がはるかに辛かった。激痛から逃れる方法には自死があるが、不眠から逃れるためには自白しか思い至らなかった。一月十二日、善三は伊地知を自宅二階に上げた。伊地知は深刻な話だと言い、その表情に嘘はないと判断したからだった。

伊地知はプラスチック爆弾で官邸を爆破する計画を話してくれた。材料は弟から調達できるという。爆弾製造は慣れている。あとは官邸にどうやって設置するかだと。

無駄なことはやめなさいと諭したが、聞く耳を持たないのか、伊地知は日本の現状への怒りを言葉にして語った。政府がとっている原発政策は棄民以外の何物でもない。被曝者を冒瀆し、死ねと言っている、と。

弟は製薬会社に勤めていて、薬品その他の材料を厳重に管理する立場にあるという。入出庫履歴の書類の書き換えは可能だし、数量の辻褄合わせもできると。必要な材料を海外から仕入れる権限も持っている。

善三は聞くだけだった。相川と勝又がやっていることを話したい衝動に駆られたが、話さなかった。伊地知に対する信頼をもてなかったのかもしれない。

善三の証言で、伊地知は逮捕された。

運良く別の事件が起きたため、伊地知の罪は軽減されたが、不思議に思ったものだ。官邸に爆弾を仕掛けようとした者がもうひとりいたのだと。そのときは、横峰がそういったことを企図しているとは夢にも思っていなかったのだった。

あ、川の向こうに人の姿が現れた。二人いる。きっと兄と新金東に違いない。

9

目の前に現れた横峰道夫を見て、三井は愕然とした。

横峰道夫は痩せ細り、顔は土気色で目に精気がなかった。どこかしら内臓を病んでいるとしか思えない。

「久しぶりだな」

声には迫力があった。

「ずいぶんと、いたずらをしてくれたじゃないか」

と言うと、「まあ上がれよ」と、スリッパを用意してくれた。

「お母さんは？」

「買い物に出かけた。しばらく帰ってこないから、ゆっくり話せるぞ」

「そうだな、説教を含めて話すことがたくさんある」

「相変わらず強気な男だ」

笑うと頬骨が突き出て、以前のハンサムぶりを知っている三井はその激変ぶりに驚く。

心身ともに病んでいるのかもしれない。

「早速だが、官邸爆破などという暴挙はやめろ」

「余計なお世話だ」

と横峰は突き放した言い方をした。

「罪を犯そうとしていることに気づいているか？　テロリストとして社会から糾弾されるだけだぞ。お前は満足かもしれないが、お母さん、奥さん、それに親友たちの気持ちはどうなる。無視するのか？　それほどお前の心は荒《すさ》んでしまったのか。目を覚ませ」

「目が覚めたから、いまこうやって国と喧嘩してるんじゃないか。国と闘わずして、生きていると言えるか？」

「国との喧嘩、大いにけっこう。帝政ロシア末期や日露戦争後とかだったらな。でも、いまの時代にお前のやり方はおかしいし、あってはならない。現代に合った喧嘩のやり方をもっと研究しろ」

「研究した。その結果、効率と効果の面でこの方法がベストと考えた」

「どんな効果があったというんだ？　俺には何も見えないが」

と皮肉交じりに言うと、横峰はすぐに、

「基準値を再考している。帰還促進策も変えていくと言質《げんち》をとった」

「それは、お前の功績ではない。相川達也の地道な努力が世論を動かしたんだ」

「官邸と直接交渉しているのは俺だ」

「のらりくらりと時間稼ぎされているだけだろ」

「期限は示している」

「守っているか？」

と訊くと、横峰は首を横に振った。

「それで、最後の手段を使うと脅しているんだろうが、脅しは権力者の方が強力だということを忘れていないか」

「脅されてはいない。第一、相手に見つかるようなへまはしない」

「いま、必死に探しているだろう。すでに犯人の洗い出しを済ませているんじゃないか。お前が考えるほど敵は甘くはないぞ。人、モノ、金のレベルが違いすぎる、早晩、ここに踏み込まれて、お前は逮捕される。山瀬善三を知っているだろう。彼が自殺を試み、いま生死の境をさまよっていることも知らないはずはない」

「俺は自殺などしない。捕まる前に爆破する」

「爆破が最終目標のような言い方だな。意味のないテロは、世間を恐怖に陥れるだけでなく、憎悪の対象として扱われる」

三井は強い口調で言ったのだが、横峰の目が輝き始め、

「望むところだ」

と言った。

三井は、説得は無理だと思った。やめさせないと悲惨な結末が待っていることを知らせようと思っていたのだが、それを承知で決行すると言うのだから、三井に為す術はない。

ドアフォンが鳴った。

「ママが帰ってきたようだ。悪いが帰ってくれないか。あとはテレビを見ていてくれ。明日未明に決行する」

「……明日未明」

総理が官邸にとどまる予定になっている。

「考え直せ」

「不思議だな。お前は俺のやることに賛成してくれると思っていたのに。学生のころの俺から徐々にお前の信念に近づいたと思っていたのだが」

「だったら、一緒にもっといい方法を探そうじゃないか」

「時間がない」

「……？」

「余命三か月」

「そうだったのか」

「原発を知るために、作業員として働いてみた。高線量エリアだから、当然致命的な被曝は免れないよな」

「治せ、治して再スタートだ」

「帰ってくれ」

「奥さんを不幸にしていいのか」

「離婚届に捺印して郵送した」

「奥さんは、それを破り捨てた」

横峰は黙ったままだった。

いまのひとことを横峰がどう聞いたか。それは横峰にしか分からない。

三井は立ち上がり、ドアに向かった。靴を履き、ドアノブに手を置いてから振り返り、

「また会おう」

と言ったが、横峰は、

「もう会うことはない」

と答えた。

三井がドアを開けたとき、強い衝撃が襲った。

身体ごと後ろに吹っ飛んだ。

後頭部を強く打った。

大柄な男たちが室内になだれ込んできた。三井の手に手錠がかけられた。

「横峰道夫！　組織犯罪処罰法並びに爆発物取締罰則違反容疑で逮捕する」

横峰は、どこに隠し持っていたのか、拳銃を右手に持ち、一番前にいる刑事に照準を合わせた。

左手にはスマホを握っている。おそらく、起爆遠隔装置だ。

刑事に躊躇いが見られた。横峰がにやりと笑う。

「逮捕は明日まで待て。ことが終われば自首する」

刑事は何も答えず、殺人鬼のような鋭利な目つきで横峰に近づく。片手で引き金を引いても当たらないと高をくくっているのだ。当然、防弾チョッキは着ている。

後ろにいた刑事二人は、一斉に飛びかかる態勢に入っている。

「三井」と横峰が言った。「俺のラストメッセージを読んでくれ」

刑事が三井を見た。訳の分からない表情だ。三井には分かった。渋谷のレンタルショップだ。三井は刑事に悟られないように目で頷いた。

刑事が横峰に近づいていく。

横峰の右手の拳銃が刑事の頭を狙っている。刑事がさらに近づいた。一メートルの距離しかない。

横峰の目が突然穏やかになった。

構えていた拳銃の照準が刑事から離れた。三井は「やめろ！」と大声を出した。

横峰はにこりと笑い、拳銃を自らのこめかみに当てた。

引き金を引いた。

横峰の身体が激しく揺れた。

同時に、東向きに開け放たれた窓から一閃の光が走るのが見え、そのあとに鋭い爆発音が耳を襲った。

右手にあった拳銃は床に転がったが、左手にはしっかりとスマホが握られていた。

10

兄の善一が笑顔で手を振っている。あんな汚れのない兄の笑顔を見たのは、笹田町で過ごした幼少期以来だ。新金東も病気になる前のふっくらとした顔だ。幸せに過ごせているのだな。善三は、生きていたときには感じたことのない浮き立つような気持ちが泉のごとく湧いてくるのを感じた。二人が手招きする。早く来いよと誘っている。そう急がせるなよ。善三も笑いながら二人の方に歩を進めた。

そのとき左端から男の姿が現れた。

「山瀬さん」

と声をかけられた。聞き覚えのない声だった。

「横峰です。山瀬さんのずっと後輩に当たります」

「ああ、横峰くんか、噂はかねがねうかがっています」

と善三は答えた。なかなかの好男子だ。善三は先ほどまでの高揚感がさらに高まるのを感じた。

ところが、いい気持ちに水を差す言葉が聞こえてきた。

「山瀬さん、ここはあなたが来るところではありません」

そして横峰の発言に呼応して、

「善三、そいつの言う通りだ。ここに、お前の居場所はないぞ」

と兄が言えば、

「善三さん、お願いだから来ないで」

と新金東が叫ぶ。

兄と新金東はしばらく、善三を拒否する言葉を投げかけ続けた。

嫌われたのならしかたない。

悲しいが戻るしかないと善三は思い、きびすを返した。川のほとりを離れ、元来た道を歩き始める。

11

横峰が死んで一か月が過ぎた。三井は警察の事情聴取を受け、過酷な尋問を受けたが、それも終わり、ようやく以前と同じ生活が戻ってきた。横峰の妻・美佐子の痩せ衰えた姿を見るのは辛かったが、ひっそりと行われた葬儀をはじめとして、何かと相談に乗った。友を失った自分よりも、妻の悲しみの方が数倍強いことは承知している。励まし続けることしかできないのが歯がゆかった。

それを思うと、横峰のとった行動を許すことはできなかった。

しかし、いまは違う。

三井は、瓦礫と化した総理官邸を見つめていた。C４の威力は凄まじく、瞬時に建物すべてが吹っ飛んだ。権力の象徴が瓦解した姿は、三井の気持ちを微妙に変化させた。通貨や国家と同じように、権力も単に共同幻想なのか。

いや違う。ブルドーザーが瓦礫を処理し、ゼネコンが新たな官邸をつくり、そして形は元に戻る。では形の見えない権力という厄介なものはどうなのか？　疑問符をつけることなど必要ない。権力は地球が滅亡するまで永遠に続く。

「三井はん、なに難しい顔してんのや？」

勝又慎二が、にやついた顔で訊く。三井は我に返り、

「横峰のことを考えていた」

「辛気くさいこと考えとるんやな。あんたらしくないやん」

確かに勝又の言う通りかもしれない。言葉を出そうとしたとき、左にいる新金睦美が明るい声で言った。

「みんながんばったわ。横峰さんのことを言うのははばかられるけれど、私は彼を評価する」

「そやな。ちょびっとやけど、やつらも考えを変えてきたからな。まあ、単に変えたふりしてるだけやろけど」

「ふりでも、いい。実際に変わったんだもん」

睦美の言う通りだ。

横峰の暴力は世間の空気を一気に変えることに成功したのだった。

週刊誌は一斉に、生き延びた政府首脳のスキャンダルを狙い打ちし始めた。同時に、それまで出ていなかった原発の闇に関する記事が巷に溢れ始めたのだった。恐れをなしたのが理由かどうかは定かではないが、政府は次々に政策を転換していったのだ。

除染基準は世界レベルの〇・一一四マイクロシーベルト毎時に引き下げられ、避難基準、医療支援基準も大幅に改善された。

帰還事業は撤回され、笹田原発は石棺による廃炉が決定した。

経産省は、エネルギーシフトを標榜し、原発依存率を大幅に下げると発表した。

横から勝又慎二が言う。

「官邸爆破で、政府がびびったのは確かやけど、全部が横峰の手柄とはちゃうで」

「分かってますよ。だから、みんながんばったって言ったじゃないですか」

「そやな」

勝又は珍しく引き下がった。

三井はあらためて、今回の政府の突発的な動きに頭を巡らせた。

時代の流れが変わりつつあることは事実だ。国際情勢を見れば明らかだった。新たな波は、相川達也と勝又慎二の突飛な行動の成功を後押しした。相川は潮目の変化を冷静に見極めていたのかもしれない。「行ける！」と踏んだから相川は仕掛けたのではないか。アメリカの議会対策や、日本たたきの世論操作のジャブ。そして最後に横峰の一発のアッパーカットが炸裂した。

横峰が生きていたら、どれだけよかったことか。学生時代に戻ったように、仲良くやっていけただろう。横峰が死んだあと、三井は彼の亡霊を探すように、ふらつく身体をひきずりながら、渋谷のレンタルショップのいつもの場所に行ってみた。横峰が最後に言った通り紙片があった。ラストメッセージがいかなるものかと期待し、その場で開いてみた。

白紙だった。

三井は最近、「絶望」について考える。

横峰の成功は、「絶望」によって成し遂げられたのではないだろうか。

三井は、絶望では何も生み出せないとかつては思っていた。しかし、横峰は三井の考えを根本から覆したのだった。

津波に巻き込まれた横峰の祖父には絶望の形がない。しかし、それを知った横峰には絶望が形をなした。

では、山瀬善三は、どんな絶望の形を持っていたのだろうか。

過酷な拷問に耐え続けたあと絶望が心身を犯し、自死を選択して舌をかみ切った。

絶望は人を殺す。仕向ける人間に、絶望はない。

突然のクラクションに、三人は後ろを振り向いた。

真っ黒な車体のメルセデス・ゲレンデバーゲンが停まっている。

運転席のドアが開き、相川達也が車を降りて、手を振りながら近づいてきた。

「相川はん、どこに行ってはったん？　携帯もつながらんし、熱海の別荘にもいてはらへんし」

「福井に行ってきた」

「そうでっか？」

勝又はにやりと笑い、さらに、

「次のターゲットやねんな。手伝いまっせ」

と言った。

勝又慎二の言葉に、相川はただ頷いただけだった。

いつもと違う空気が相川を覆っていることに三井は気づいた。

おそらく、また何かをしでかそうとしているのだろう。気迫に満ちた相川の目がさらに力を増していくのを三井は認めた。

しかし、次の瞬間、相川は急に目尻を下げた。そして視線を移動させた。

三井は相川の視線を追った。

ゲレンデバーゲンの助手席のドアが開いて、白髪の男が姿を現した。

山瀬善三だ。

勝又と睦美から歓声が上がる。三井の耳には、その声の音量がプラスチック爆弾の爆発音より大きく聞こえた。三井も二人のあとを追った。

「善三さん、ようこそご無事で」

善三は、三人に深々と頭を下げたあと、瓦礫と化した総理官邸に数秒だけ目を移し、すぐに空を見上げた。

全員が善三の動きにつられて空を見上げた。

どこまでも真っ青な空が広がっていた。

山瀬善三の顔に、絶望の色はない。

【主要参考文献】

ヘレン・カルディコット監修、河村めぐみ訳『終わりなき危機』ブックマン社、二〇一五年
木村真三『「放射能汚染地図」の今』講談社、二〇一四年
鳥賀陽弘道『フクシマ２０４６』ビジネス社、二〇一五年
森岸生『首相官邸の秘密——記者取材の裏側から』潮文社、一九八一年
桐谷新也『日本国債暴落』ダイヤモンド社、二〇一五年
中島明日香『サイバー攻撃——ネット世界の裏側で起きていること』講談社ブルーバックス、二〇一八年
水野大樹『「拷問」「処刑」の日本史——農民から皇族まで犠牲になった日本史の裏側』カンゼン、二〇一五年
内田博文『治安維持法と共謀罪』岩波新書、二〇一七年
内田樹、加藤陽子ほか『もの言えぬ時代——戦争・アメリカ・共謀罪』朝日新書、二〇一七年

著者について――

織江耕太郎（おりえこうたろう）　一九五〇年、福岡県生まれ。早稲田大学政治経済学部卒業。主な著書に、『キアロスクーロ』（水声社、二〇一三年）、『エコテロリストの遺書』（志木電子書籍、二〇一七年、英訳・西訳あり）、『浅見光彦と七人の探偵たち』（内田康夫らとの共著、論創社、二〇一八年）、『記憶の固執』（Zapateo、二〇一八年）などがある。

装幀――齋藤久美子

暗殺の森［キアロスクーロⅡ］

二〇一九年四月一〇日第一版第一刷印刷　二〇一九年四月二〇日第一版第一刷発行

著者――織江耕太郎

発行者――鈴木宏

発行所――株式会社水声社

東京都文京区小石川二―七―五　郵便番号一一二―〇〇〇二

電話〇三―三八一八―六〇四〇　FAX〇三―三八一八―二四三七

［編集部］横浜市港北区新吉田東一―七七―一七　郵便番号二二三―〇〇五八

電話〇四五―七一七―五三五六　FAX〇四五―七一七―五三五七

郵便振替〇〇一八〇―四―六五四一〇〇

URL : http://www.suiseisha.net

印刷・製本――モリモト印刷

ISBN978-4-8010-0421-4